NO MIRES ABAJO

Alfonso Sánchez - Quiñones Seriña

Para mis dos abuelas, Carlota y Carmencita,
que para mí son un referente de cómo vivir la vida. Carmencita, que jamás perdió su sentido del humor que tanto le caracterizaba haciendo reir a los suyos sin importarle los baches que la vida le pusiera delante. Y Carlota, que con tres cifras a la espalda, las veces que la he escuchado quejarse las cuento con los dedos de una mano, y, sin embargo, si tuviera que contar las veces que la he escuchado reírse con desparpajo, se necesitarían las manos de una ciudad entera.

Para Olga,
quien me ha visto crecer y me ha cuidado tanto todos estos años, ayudándome a convertirme en la persona que soy hoy.

AGRADECIMIENTOS

Hace cuatro años y medio, en enero de 2020, me encontraba sentado en la biblioteca observando mis apuntes sin prestarles la más mínima atención. Fue entonces cuando la idea de la que trata este libro se me vino a la cabeza y empecé a escribirlo sin pensar demasiado en a dónde quería llegar. Por suerte, habéis sido muchos los que me habéis ido guiando en las múltiples y diversas etapas de este proyecto, y quería agradecéroslo infinitamente, porque este libro no lo estarías leyendo si no fuera por todos vosotros que me habéis dado ese empujón, consciente o inconscientemente, hasta llegar a hacerlo realidad.

En primer lugar, a Andrea, por leerte todos y cada uno de los borradores de la primera versión del libro e ilusionarte más que nadie con cada avance de la historia. Puedes considerarte coautora, ya que sin tu apoyo, esta historia no habría salido adelante.

En segundo lugar, a Diego, que acogiste desde el principio todas mis pequeñas obras como tuyas, y me impulsaste a que este libro no se quedara sin ver la luz. Aquí lo tienes.

A mis padres, que se han leído veinte versiones distintas con esmero fijándose en cada coma si hacía falta, hasta dejar el texto impoluto y ayudándome a tener un resultado del que sentirme orgulloso. A Fer y Edurne, por aguantar mis divagaciones e ideas locas con suma paciencia.

A Benja por conseguir que estirara esta faceta mía hasta la saciedad y por ser un ejemplo de perseverancia y lucha por lo que uno quiere.

A todos los que os habéis leído el libro de manera desinteresada, dedicándole un tiempo que no teníais por qué y me habéis ayudado a mejorarlo con vuestros consejos: Carlos Salcedo, Carlos García, Mar Pinar y Fernando Sánchez-Bayo.

Y a los que lo habéis leído, y disfrutado y me habéis insistido en no parar: Gadea, Alex, María, Clau, Sonia, Pablo, Jorge, Juan Manuel, Guille, Anita, Annalisa y muchos más.

A Chuso que eres una campaña de marketing andante además de un apoyo imprescindible.

A Juli y a Miguelín que me habéis proporcionado una ayuda clave en la recta final.

Y gracias a María Vega que como ya te dije, superaste cualquier expectativa y has puesto el broche final de manera impecable con una obra de arte como portada, realizada con sumo cuidado y cariño. Gracias por haber hecho tan ameno y fácil trabajar contigo en este proyecto, en el que has puesto un esfuerzo del que siempre estaré agradecido. Y, doble gracias, por haberme empujado siempre a perseguir mis sueños.

Por último, gracias a todos los que me he dejado sin mencionar, pero que habéis puesto vuestro granito de arena para que esto se hiciera realidad. Y gracias a ti, que estás leyendo estas palabras, espero que lo disfrutes tanto como yo he disfrutado escribiéndolo.

"No creo que tu vida no tenga sentido. He cambiado de opinión. Los milagros termodinámicos… son unos sucesos con unas probabilidades tan remotas de que lleguen a producirse que prácticamente resulta imposible que acaben dándose. Por ejemplo: que el oxígeno se transforme de manera espontánea en oro. Tengo muchas ganas de ver algo así. Y, aun así, en cada apareamiento humano, mil millones de espermatozoides compiten para llegar a un solo óvulo. Multiplica esas posibilidades por las innumerables generaciones que ha habido de seres humanos, por las posibilidades de que tus antepasados vivieran, se conocieran, engendraran a ese hijo en concreto, a esa hija en concreto… hasta llegar a tu madre, que se enamorara de un hombre al que tenía todas las razones del mundo para odiar y de esa unión, de los miles de millones de niños que compiten para lograr fecundar el óvulo, fuiste tú, sólo tú, la que surgió.

Destilar una forma tan específica a partir de tal caos de improbabilidades resulta tan difícil como que el aire se transforme en oro…

El cenit de lo imposible. Un milagro termodinámico.

Se podría decir eso de cualquier persona del mundo. Pero el planeta está tan lleno de gente, tan repleto de milagros, que acabamos considerándolos algo normal y olvidamos lo que son… Yo lo olvidé. Contemplamos la Tierra día tras día hasta que acaba convirtiéndose en un lugar al que consideramos monótono. Pero visto desde otro punto de vista, como si fuera algo nuevo, aún es capaz de asombrarnos.

Ven seca tus lágrimas, porque eres vida, algo más excepcional que un quark y más impredecible que lo que Heisenberg soñó jamás: la arcilla en la que las fuerzas que dan forma a todas las cosas dejan sus huellas de un modo más claro. Seca tus lágrimas… y volvamos a casa"

-Allan Moore (Watchmen)

ÍNDICE

PRÓLOGO

Nunca había intentado huir, ni siquiera se le pasó jamás por la cabeza intentar librarse de aquellas barras que le inmovilizaban. Mientras todos ocultaban su miedo tras una máscara, él no oponía resistencia ante el seguro final del que consideraba no solo imposible, sino innecesario escapar. Cierta parte de él incluso lo anhelaba.

Una vez despiertas en aquel lugar, hay dos hechos seguros: el primero es que estás ahí encerrado e inmóvil, y el segundo es que tarde o temprano todos caen por el agujero. A Tridente siempre le sorprendió lo fácil que era para la gente asumir el primero, y sin embargo, lo difícil que le resultaba a la gente aceptar el segundo.

Él se dejaba llevar sin importarle hacia dónde avanzaba, tan solo trataba de que el tiempo que estuviera ahí dentro fuera lo más ameno posible, y, sobre todo, de que no hubiera hueco para el silencio; lo repudiaba. En aquel lugar eso no suponía un problema. Cientos como él hablaban sin parar, y si en algún momento nadie lo hacía, él siempre entablaba una conversación con los de su alrededor.

La mayoría de aquellos con los que hablaba se marchaban. O se quedaban atrás, o le adelantaban sin posibilidad de esperarle. No obstante, había un individuo que siempre iba una posición delante de él. Jamás se separaban, uno no avanzaba si el otro no lo hacía. Durante el tiempo que permanecieron ahí dentro establecieron un poderoso vínculo.

Un día se dieron cuenta de que se iban a separar y eso les dolió. Poco a poco se acercaban al final del piso donde estaban. Entonces, el que iba delante avanzó hasta el filo, donde se mantenía erguido, pero a su vez aterrorizado.

Intentaba levantar la mirada lo más alto posible, pero sus ojos no podían resistir la gravedad provocada por el profundo abismo que tenía bajo sus pies. Enmudeció.

Varias personas le increpaban sin parar; la piedad no acostumbraba a mostrarse con aquellos que estaban en primera fila. Cuanto más tiempo permanecía callado, más alto rugía la muchedumbre impasible ante el temor de este.

—Tengo miedo, Tridente; no se callan, no me dejan en paz —dijo aterrorizado a su compañero de atrás.

—Lo sé, amigo. Ignóralos, ellos no ven lo que tú, y déjame decirte una cosa: ¿para qué temer lo que es inevitable? Acéptalo y te tranquilizarás. Inténtalo.

—Es muy profundo, no veo el final, ni siquiera sé si lo tiene. Las luces allí están apagadas, no se ve nada, está todo complemente oscuro, ¡todo negro! —Se estaba hundiendo en un pozo antes incluso de caer. El vacío, los gritos del resto, los impulsos propios del intrínseco instinto de supervivencia, en este caso inútiles… Se estaba asfixiando.

Tridente lo supo y por primera vez alzó la voz imponiéndose a los increpantes, que se mostraron sorprendidos por el respeto que provocaba. Consiguió unos segundos de tranquilidad que aprovechó para responder a su amigo.

—Escúchame, olvídate por un segundo del resto, solo estamos tú y yo. Cierra los ojos y observa esas pequeñas lucecitas que aparecen. Aprieta todo lo que puedas y verás que siempre hay algo de luz. Ni el negro más negro es íntegramente puro, y ahí abajo no va a ser distinto. Mantén los ojos cerrados y acéptalo.

—Tridente, no…

—Ciérralos y no los abras hasta que vaya contigo. Te prometo que será pronto.

Los gritos volvieron, le increpaban sin parar, pero él permanecía con los ojos cerrados haciéndoles caso omiso. Estaba tranquilo, y así permaneció hasta que se separó del suelo y se sumergió en aquel agujero sin fondo mientras apretaba los párpados con toda su fuerza y se aferraba a la promesa de Tridente.

Hacía ya tres meses de esa promesa. Nadie había vuelto a caer, nadie había avanzado ni una posición. Nada retenía a Tridente en ese lugar, arriba, y, pese a ello, por alguna razón que le era desconocida, la vida no le dejaba marcharse.

Es como si el tiempo se hubiese parado en seco. El constante ruido que tanto caracterizaba el tétrico lugar se había interrumpido de golpe, sustituyéndose por un silencio que a Tridente no le agradaba lo más mínimo.

Entonces, sin previo aviso, Tridente, que estaba en primera fila ocupando el puesto que había dejado su amigo, avanzó hacia el mismo vacío por el que este había caído.

Creía, aliviado, que se estaba poniendo fin a su larga espera. No podía hacerse una idea de lo equivocado que estaba.

Justo antes de caer frenó en seco. Inmediatamente después, se apagaron las luces que iluminaban los innumerables pisos donde estaban. La oscuridad que gobernaba en lo más profundo del agujero se expandió por todos los rincones, borrando cualquier frontera entre lo que antes era arriba y abajo. A partir de ese momento, todo se convirtió en un único escenario donde reinaba la oscuridad.

PRIMERA PARTE

CONTICINIO

KIT I

VIDA

No conocía la oscuridad. Desde el primer momento que abrí los ojos siempre hubo luz. A veces menos luz y a veces luz que llegaba a todas las esquinas y no dejaba hueco para que se escondieran las sombras; la luz las perseguía una a una dejando a su paso una claridad imperecedera que habitaba entre nosotros.

Estaba en un lugar que no tenía nombre, ni tampoco final. Este sitio simulaba ser interminable, compuesto por una infinidad de pisos rodeados por cuatro paredes. Tres de ellas negras, imponentes, totalmente lisas y firmes. La cuarta pared era distinta al resto, una pantalla enorme a la cual todos miraban día a día sin posibilidad alguna de ver otra cosa, salvo cerrando los ojos.

Me encontraba en uno de esos pisos prácticamente inmovilizado. No podía moverme, al menos, no por mi propia voluntad. Tenía dos barras en el pecho y en la espalda que me mantenían sujeto. Lo que sí se movía era el suelo sobre el que se apoyaban mis pies y que me arrastraba consigo, siempre hacia delante en dirección a la pantalla, nunca hacia atrás.

La primera vez que abrí los ojos no tardé ni cinco segundos en darme cuenta de que estaba de todo menos solo. Como yo, debía haber varios miles, una cantidad innumerable de personas a mis lados y por delante de mí; por detrás no lo sé, no podía girarme. Y a eso, añadirle la infinidad de pisos que había tanto por encima como por debajo del que me encontraba.

Estábamos distribuidos en filas que se movían de forma independiente y totalmente aleatoria. Un día podía avanzar diez metros y seguidamente permanecer tres días sin recorrer ni un centímetro. Era impredecible.

A los lados y delante de mí únicamente veía a tantas personas en la misma situación que yo, que era incapaz de alcanzar con la mirada los límites del piso donde estaba. Todo en este lugar parecía no tener final, y, a pesar de eso, lo tenía; y lo sabía porque allí, al final de cada fila, o al principio según cómo lo mires, se encontraban los mil ojos.

Nadie sabía con certeza qué era exactamente la pantalla: una frontera que nos separaba del otro lado, un puente que conectaba con otra realidad, mero entretenimiento...

Siempre se observaba el mismo lugar, pero en ocasiones aparecían gigantes. Normalmente nos hacían caso omiso, otras veces nos observaban.

Únicamente podemos ver lo que ocurría a través de la pantalla, pero no se podía oír qué sonaba al otro lado, qué decían, cómo era el ruido que los rodeaba, nada. Silencio.

Desconocía cuánto tiempo llevaba metido aquí. Deducía

que no demasiado, pues de lo contrario alcanzaría a ver algún resquicio de la supuesta pantalla, y digo supuesta porque absolutamente todo lo que sabía sobre ella es porque me lo habían contado los de delante, pero yo personalmente nunca la había visto; solo en mi cabeza, en mi imaginación, como todo.

Al menos por ahora tendría que conformarme con ver a cientos como yo en lugar de la tan hablada pantalla. No los culpaba, aunque quisieran no podrían apartarse.

Aquí detrás, en lo profundo de cada piso, el ambiente no cambiaba, siempre había la misma luz, no variaba lo más mínimo, era imposible tener una ligera idea de cómo transcurría el tiempo. Te pasabas horas observando y lo único que veías eran individuos en distintas hileras que de repente avanzaban una distancia determinada junto a toda su fila, sin previo aviso, puro azar. Mientras algunos duraban apenas unas pocas semanas, otros podían quedarse meses. No existía un patrón, hoy una fila podía avanzar una docena de metros y estar varios días sin moverse. Y en todo ese tiempo la luz no cambiaba. Cerrabas los ojos durante horas, días... Era imposible saberlo. Y cuando los abrías, ahí estaba, la misma luz que no había variado ni el más mínimo ápice, observándote, envolviendo todo lo que te rodeaba.

El tiempo se mezclaba con la realidad y parecía que no avanzaba, estabas estancado en una espiral que parecía no tener fin y donde nada nuevo acontecía. La única referencia que teníamos sobre el paso del tiempo era lo que nos contaban los mil ojos. Ellos podían ver que al otro lado de la pantalla había, a su vez, otra pantalla por la cual entraba una luz más cálida, más amarilla y agradable que la que teníamos aquí dentro, permanecía un tiempo y después desaparecía gradualmente. Siempre duraba un período similar; así es como contaban los días.

Los mil ojos eran los que estaban en primera fila, es decir, eramos todos en algún momento de nuestra corta vida; en nuestros últimos momentos, mejor dicho.

Por razones que desconocía me había tocado pasar lo que me quedaba de vida aquí dentro. Ni yo ni nadie tenía ninguna obligación, a nadie se le exigía que realizase ninguna tarea, nada... salvo a los mil ojos, que desde tiempos inmemorables habían dedicado sus últimos días a describir, a los que tenían a sus espaldas, qué veían en la pantalla desde su posición privilegiada.

La dinámica de este lugar era simple: un día alguien abría los ojos y descubría que estaba aquí. Al principio no veía nada más que cientos de individuos en la misma situación. Pasaba sus días escuchando a los mil ojos e imaginándose lo que había al otro lado mientras iba avanzando a trompicones y generando en su imaginación imágenes más nítidas de lo que había al otro lado hasta que, finalmente un día, se convertía en un ojo más que describía lo que veía a los recién llegados que no veían nada de la pantalla, como hicieron con él cuando llegó y perpetuando la única norma que regía este sitio.

Después caía al vacío, y el que tenía detrás de él lo sustituía.

La mayoría duraba un tiempo similar hasta que llegaban a primera línea, se unían a los mil ojos durante un corto período y después caían por el vacío que los separaba de la pantalla para así, finalmente, ser libres... o eso decían.

La dinámica era cíclica, pero las personas tenían principio y final. Nadie había vuelto nunca. Y el que lo afirmaba, mentía. Había quien decía que pasabas a mejor vida, otros decían que pasabas al otro lado, que volvías al principio, pero no recordabas nada, o simplemente que no ocurría nada. Había quien sostenía que la caída por el vacío no cesaba nunca y se permanecía durante la eternidad en un limbo rodeado de toda la oscuridad que huía de la luz que nos asediaba aquí arriba.

Tampoco tenía grandes expectativas sobre cómo sería mi vida aquí dentro, sospechaba que bastante insignificante. Lo que escuchaba cada día me producía un interés irrisorio cuanto menos, salvo por una cosa.

Abrí los ojos de par en par y, seguidamente, fruncí el ceño intentando enfocar más allá de los cientos que tenía delante de mí, deseando ver algo de la pantalla, pero sin resultado alguno. Aún me quedaba recorrido.

Entonces relajé la mirada y me fijé en el tipo que tenía delante. Mostraba un contorno totalmente firme, tanto era así que ni una bola de demolición podría tumbarle. Llevaba un abrigo rojo con pinchos en las hombreras; todos en mi fila teníamos uno igual, cada uno con unos números distintos en el costado, a simple vista sin sentido alguno. El abrigo se agradecía, hacía frío aquí dentro; además, nos protegía de la suciedad.

Siempre me contaba la información que le llegaba de delante, pero nunca le había dirigido ninguna palabra, hasta ahora.

—Disculpa, te hablo desde aquí detrás, soy uno de los recién llegados.

—Sí, lo sé. Pensaba que eras mudo. —Ignoré su comentario y fui al grano.

—¿Qué hay al otro lado?

—Lo mismo de siempre, lo mismo que hubo hace

semanas cuando llegaste aquí, lo mismo que hubo ayer y lo mismo que habrá cuando te hayas ido. Nada de lo que te he descrito estos días ha cambiado. Algún gigante ha aparecido, pero como vino se fue, nada nuevo —susurró.

Todo el mundo, a excepción de los mil ojos, susurraba. Era lógico. Eramos tantos que se tardaría más de una vida en contarnos a todos, y con que tan solo una décima parte de los aquí presentes hablara con un tono de voz normal en lugar de susurrar, sería un caos, no se entendería nada. Rara vez, aunque las había, alguien alzaba la voz, normalmente cuando ocurría algo que se salía un poco de lo ordinario, o cuando se le cruzaba un cable, lo cual no era tan extraño visto el contexto en el que estábamos.

—No, no me refiero al otro lado de nuestra pantalla, la cuarta pared, sino al otro lado de su pantalla, aquella por donde entra la luz… la quinta pared.

—¿Se te ha ocurrido ese nombre a ti solo? —comentó con un tono de condescendencia.

—Me parecía original y lógico a la vez. ¿Qué hay al otro lado? —insistí nuevamente.

Permaneció en silencio.

—¿Qué hay al otro lado? —volví a preguntarle.

—Ya te he oído, ¿no me has oído tú a mí?

—No.

—Has oído lo que yo quería que escucharas.

—Pero yo quiero escuchar lo que sabes.

—No sé la respuesta a tu pregunta. Si te dijera otra cosa, mentiría; y no me gusta mentir. Cuando no sé algo, no me lo invento; simplemente no digo nada.

—¿Qué hay al otro lado? —volví a preguntar una y otra vez hasta que finalmente me respondió.

—Cuentan historias sobre la luz de fuera, dicen que proviene de una esfera amarilla a la que no se puede mirar directamente o será lo último que veas —dijo con una entonación un tanto dramática—. Eso es todo lo que sé.

—A mí, con tan solo decirme que no puedo mirarla, se me duplican las ganas de echarle un pulso a la vida manteniendo la mirada desafiante a esa bola amarilla; además, no es que vea gran cosa desde aquí. Soy Kit, por cierto.

—Sé cómo te llamas —declaró de manera seca y directa sin esperar una respuesta. Dejé de preguntarle, no tenía ganas de hablar, como muchos aquí dentro. La monotonía los consumía poco a poco.

Una gran parte de la gente pasaba sus días cada vez con menos ganas, dejaban de escuchar lo que oían, perdían ilusión por lo que sucedía al otro lado de la pantalla. Daban por sentado que la premisa obligatoria de la caída al final de su recorrido les impedía disfrutar del entretiempo, es decir, de sus vidas. Nada tenía sentido si sabían que todos, sin excepción alguna, iban a caer. Solo era cuestión de tiempo que inevitablemente les llegara su hora. Al fin y al cabo, nadie estaba dispuesto a establecer vínculos, nunca se hablaba de los que se habían ido porque no importaban, no aquí dentro.

Probablemente habían pasado semanas desde la última vez que tuve aquella conversación. No había ninguna novedad, todo seguía igual, los mil ojos seguían comentando lo que veían. Todos describían lo mismo y al resto nos llegaba el mismo mensaje desde sus bocas hasta nuestras cabezas. Pese a ello, estaba convencido de que cada uno transformaba las mismas palabras en imágenes que diferían unas de otras. Es curioso que, escuchando exactamente lo mismo, no se formaba la misma imagen en dos mentes distintas;

por no hablar de la importancia que le dábamos a distintas cosas. Un día podía estar horas escuchando lo que pasaba al otro lado sin que me importara lo más mínimo, mientras que el resto de la gente pedía silencio para escuchar con más claridad lo que ocurría. Sin duda, lo importante no era tanto el mensaje sino la interpretación que hacíamos del mismo.

Pasaban los días y cada vez tenía menos interés. Había avanzado varias posiciones y había dejado de ser el recién llegado. Había nuevos detrás de mí, y, al igual que hicieron conmigo, les contaba la información que me llegaba, puesto que cuando estabas tan en lo profundo era complicado escuchar con claridad a los del principio. Parecía un teléfono escacharrado. Era una cadena de favores: ayer por mí, hoy por el siguiente.

Llevaba horas con los ojos cerrados, cansados de no ver nada. Al abrirlos eché la mirada al techo y noté algo distinto. Al principio no distinguí bien qué era, pero no tardé en darme cuenta. Era la luz. Había una mezcla entre la luz blanca a la que estaba acostumbrado y otra nueva con un tono amarillento. Estaba más cerca de la pantalla.

Días después, un fino y delicado haz de luz llegaba hasta mí; sentía que me acariciaba. Resurgió dentro de mí un atisbo de ilusión por ver más allá. Quería saber hasta qué punto las imágenes que había construido en mi cabeza se parecían a lo que de verdad ocurría, qué había realmente al otro lado.

En lo que iba de día, habían pasado hasta seis gigantes por la pantalla y, en mi piso, dos individuos habían caído por el vacío. Se habían marchado contentos, al parecer.

Uno que sustituía a uno de los que acaba de caer, comenzó la que sería su primera descripción. No imaginaba que a partir de ese momento mi vida iba a dar un giro de ciento ochenta grados.

—Un gigante acaba de entrar en la sala y se ha sentado enfrente nuestro. Es más pequeño que la mayoría de los gigantes que suelen aparecer. Se inclina sobre sí mismo y saca de una bolsa un cuaderno que abre por la mitad. Levanta la cabeza, se aparta el flequillo desaliñado para ver con claridad y mira a través de la pantalla de dónde proviene la luz amarilla. —«Está aguantando la mirada a la esfera», pensé.

»Pone su atención en su cuaderno y con unos palos de distintos colores comienza a plasmar en el papel lo que está viendo. —La gente aguantaba la respiración. Nadie sabía qué había fuera de esa sala y nunca antes un gigante se había comunicado con nosotros. Era un mensaje.

Lo que estaba quedando reflejado en su cuaderno, según la precisa descripción del nuevo, era algo hermoso:

—La mezcla de colores es genial, no he visto tantos tonos de verde y azul en mi corta vida. Abajo, verde con huecos marrones en muchísimas tonalidades; encima, un azul puro sin imperfecciones.

Lo que yo me estaba imaginando en ese momento era grandioso, increíble, y aun así estaba convencido de que verlo con mis propios ojos superaría cualquier obra de arte que mi mente fuera capaz de imaginar. En aquel momento, nació en mí una necesidad de verle al gigante y su obra.

Tal vez, al otro lado de la pantalla también estuvieran encerrados y hoy le tocaba a ese gigante ejercer la función de describir a los suyos lo que ve al otro lado de su pantalla, solo que, a diferencia de nosotros, en lugar de con palabras, lo hacía con imágenes… Tal vez. Tal vez es un bucle que se repetía incesantemente de manera caprichosa y no existía la ansiada libertad que tanto anhelaban algunos.

Les pedí a todos y cada uno de los mil ojos que me contaran qué era lo que veían desde la primera línea. Quería escuchar todas las versiones. Cuanto más escuchaba, más bella y nítida era la imagen que construía en mi cabeza.

Aquel gigante aparecía siempre después de un tiempo, no importaba cuánto pasara. Yo siempre tenía fe ciega en que volvería para deleitarnos con las imágenes que nos regalaba del exterior.

Una vez más, hizo una aparición estelar. Aquí dentro, los demás se sentían apartados; los mil ojos prácticamente describían para mí y solo para mí. Mi obsesión con el arte del gigante no cesaba y tampoco era ningún secreto. Yo no podía parar de preguntar con gran afán: «¿Qué mezcla de colores ha usado en la esquina superior derecha?, ¡no consigo visualizarla! ¡Repíteme la forma que ha descrito con el palo de color gris! ¡Venga!».

Comencé a percatarme de que yo estaba causando un malestar general a mi alrededor. Cada vez que pedía una descripción más, rompía la quietud y la monotonía del lugar. No encajaba, pero estaba tan absorbido por mis ansias que era incapaz de silenciarme. Los mil ojos finalmente enmudecieron ante mi insistencia y se negaron a seguir describiendo. Pedí perdón, supliqué, pero la única respuesta que obtuve fue una indiferencia pasmosa acompañada de un silencio absoluto.

Yo sabía que él seguía ahí, y quería, necesitaba, ver su obra. A estas alturas no me bastaba con imaginármela.

Otro gigante apareció en escena. Al parecer, se puso delante tapando al que yo admiraba.

El ansia y la impaciencia se estaban adueñando de mí, casi podía moverme, casi… No podía controlarme más y estallé. Grité tan fuerte que mi voz retumbó recorriendo todo el espacio, llegando hasta las paredes de este lugar haciéndolas temblar: «¡Quiero verte con mis propios ojos ya, quiero ver tus obras!».

En ese mismo instante, sonó un fuerte clac y una luz cegadora entró a través de la cuarta pared impidiéndonos ver qué ocurría. El suelo empezó a moverse sin parar, intenté averiguar qué estaba ocurriendo, pero entró una corriente de aire tan fuerte que me imposibilitaba abrir los ojos, a mí y a todos. Noté como el suelo bajo mis pies avanzaba a gran velocidad y yo con él, muchos de mi fila debían estar cayendo por el precipicio. Pero esta vez era distinto, nunca habían caído tantos de una sola vez.

Parecía casi mágico, a la vez que terrorífico. Y, de repente, el gigante que yo había estado observando tantas veces dijo:

—Menos mal que al menos alguien aprecia lo que hago. Gracias.

Era la primera vez que un gigante del otro lado de la pantalla hablaba con uno de nosotros; conmigo.

Se escuchó de nuevo el clac e inmediatamente el viento paró y la luz cegadora se desvaneció. Todo el mundo permaneció mudo varios minutos. Lo único que se escuchó fue mi risa, a carcajada limpia, sacando el frenesí que recorría mi cuerpo. Comencé a relajarme y quise responder, pero él ya se había marchado. Lo supe sin que nadie me lo dijera. Trece de mi fila ya no estaban, se habían caído por el abismo y, con su marcha, el suelo había recorrido una distancia suficiente para que yo pasara de sentir que un rayo de luz amarilla minúsculo me tocara a ver casi la mitad de la pantalla.

Desde ese momento nada fue igual. Mi vida dejó de ser tan corriente como hasta entonces.

Mi nombre estaba en boca de todos. Intentaba pasar desapercibido, pero era realmente una tarea complicada. Estaba a la orden del día, cientos me consideraban prácticamente un semidiós: decían que podía comunicarme con los gigantes y me suplicaban que los sacara de aquí. Pero por otro lado, a los pocos días la otra mitad me criticaba y me señalaba tachándome de estafa; insinuaban que no tenía nada que ver en todo esto y que simplemente intentaba acaparar mi momento de gracia.

Yo estaba convencido de que entre ese gigante y yo existía un vínculo especial, ẏ, por supuesto, de que yo no era como el resto de los que estaban aquí dentro. Los hechos hablaban por sí solos. Alguna vez se me pasó por la cabeza que igual estaba equivocado y que a lo mejor tenían razón los que decían que se trataba de una simple casualidad, pero inmediatamente deseché esa opción. «Prefiero vivir en una agradable mentira que en una dura realidad», pensé.

Había pasado tiempo desde aquel episodio. Durante dos días había dejado de entrar luz por la cuarta pared. La luz amarilla volvió indicando el comienzo de un nuevo día, y los gigantes con ella, pero el que me había hablado seguía sin aparecer y yo iba avanzando hacia el precipicio, el final. Solo quedaban siete delante de mí y yo ya no quería avanzar más. Quería estar aquí una eternidad admirando más obras. Quizá, después de todo no se estaba tan mal aquí si aprendías a disfrutar de los buenos ratos.

El tiempo ya no estaba quieto como en mis primeros días, ahora avanzaba y no se detenía; tampoco iba más deprisa o más despacio, simplemente avanzaba implacable, como el suelo bajo mis pies en dirección al abismo. Eso era lo único de lo que estaba seguro.

Volvió a aparecer con sus palos de colores y un papel todavía impoluto, totalmente blanco. Los mil ojos me seguían describiendo lo que veían al otro lado, un poco a regañadientes, ya que yo era muy insistente y siempre pedía que no dejaran ni un detalle sin contar de sus obras, a pesar de que yo ya podía ver pequeños esbozos de la pantalla.

Empezó a coger varios de sus palos y a rascarlos con el papel. No tenía claro en un principio qué era lo que estaba dibujando, pero poco a poco la obra empezaba a tomar forma reflejándose, como siempre, en otra ventana a través de la cual se veía otra maravilla distinta.

En una de las últimas ocasiones, me fijé en una mochila donde guardaba su material. Había una etiqueta con unas letras que colgaban de un asa: «Iris». Mi amigo ya tenía nombre.

NACHO I

EL GATO Y LA CURIOSIDAD

Doce luces y once sombras. Es el tiempo que había pasado desde que abrí los ojos por primera vez. Doce luces que provenían de la cuarta pared, que a su vez entraban a través de la quinta; y once períodos de tiempo en los cuales solo había oscuridad al otro lado. No como aquí dentro, que apenas se podía dormir con la constante luz blanca tan molesta.

Durante mis diez primeros días, supe que había luz al otro lado gracias a los mil ojos. Los dos últimos, pude comprobarlo por mí mismo. Lo que para alguna gente tardaba meses, para la de mi fila tardaba una semana, dos con suerte.

A veces tenía la sensación de que mi fila nunca estaba quieta, que siempre avanza, aunque supiera que no era así. Pero sin duda, no era como el resto. Avanzaba más que ninguna y en menos tiempo; y desde que me di cuenta de aquello no había dejado de intentar conseguir información, pistas, lo que hiciese falta para salir de aquí.

Dedicaba el cien por cien de mis días a preguntar a los que tenía a mi alrededor qué sabían, intentaba buscar ayuda, pero a nadie le interesaba; estaba solo en esta misión.

Estar en esta fila hay quien lo consideraba una maldición. Yo creo que era una bendición. Mientras todo el mundo vivía adormilado, yo estaba completamente despierto, consciente de que no había tiempo que perder y vivía bajo esa premisa.

Intentaba ordenar los datos en mi cabeza, sacar alguna conclusión, algo…, pero parecía imposible. No había fisuras en este sitio. A veces tenía alguna iluminación y creía que había averiguado algo, pero no. La única iluminación que tenía era esa luz insoportable que me perseguía incluso cuando apretaba los párpados con todas mis fuerzas.

Puede que nunca averigüe cómo escapar de este sitio, pero si consiguiese apagar la luz tan solo un día, habrá merecido la pena.

Cada día avanzaba mientras los de mis lados permanecían estáticos. Podía hablar con más gente que nadie; los que veía ayer ya no los veía hoy, se habían quedado atrás. Preguntaba sin descanso: a mis lados, en diagonal. Grité a ver si me oían en otros pisos, pero hasta ahora siempre había sido en vano.

—Eh, disculpa, soy Nacho. Estoy recopilando toda la información que pueda para sacarnos de aquí y necesito tu ayuda —insistí elevando el tono—. Hola, soy Nacho y estoy recopilando toda la infor…

—Es inútil —respondió en voz baja sin mirarme, expresando un sentimiento de rechazo.

El suelo de mi fila avanzó y aproveché para preguntar a gente a la que antes no llegaba a ver.

—Hola, soy Nacho, estoy…

—No sé nada que tú no sepas, y preferiría saber menos —me cortó tajante.

Ya son noventa y tres los que había interrogado, noventa y tres veces que había repetido la misma frase y noventa y tres veces que había fracasado.

La mitad de los que preguntaba no sabían nada nuevo y la otra mitad me ignoraba. Incluso me criticaban porque estaban convencidos de que lo que hay es lo que es y no se podía cambiar. Me llamaban loco, pero ¡los majaras son ellos que aceptaban esta vida! Todos los días repitiendo lo mismo sin movernos… Vivir debería consistir en algo más que respirar.

Y luego están unos pocos que se aprovechaban e intentaban tener su momento de gloria llamando la atención, pero que a fin de cuentas tampoco aportaban nada nuevo. O eso pensaba yo antes de preguntar a Migueliño, la excepción que confirmó la regla.

Estaba bastantes metros por delante de mí. No llegaba a alcanzarle con la vista, pero sí que podía oírle.

—¿De verdad nadie te ha contado nunca nada sobre Tridente? —preguntó sorprendido.

—La primicia es toda tuya y yo soy todo oídos. —La sangre recorría mi cuerpo a toda velocidad. Estaba emocionado por averiguar quién era ese tal Tridente.

—Bueno, tío, seguro que hay más tíos que saben su historia mejor que yo; además, tú ya habrás visto cómo funciona esto, tío. Es como jugar al teléfono escacharrado a… Oye,

¿¡se me escucha bien!? —Hablaba tan alto que se le escuchaba varios pisos tanto por arriba como por abajo.

—Sí, te oímos perfectamente.

—Sí, ya sé que tú me oyes, tío. Me refiero al resto que no dicen nada, estoy seguro de que no querrán perderse lo que te pueda contar ¿¡Me escucháis con claridad!? —Varios respondieron tímidamente.

»Bien, prosigo, ¿por dónde iba…? Ah, ya me acuerdo: es como el teléfono escacharrado, pero a gran escala y de generación en generación; un caos total, tío. —Me costaba guardar las apariencias, no soportaba su forma de hablar—. Y si a esto le sumamos que la historia de este muchacho, ya no tan muchacho, llamado Tridente, pasó hace más tiempo del que tú y yo juntos sumamos aquí, probablemente más tiempo del que sumemos todos los de nuestro piso y otros cinco más…, como para fiarse de lo que yo te cuente. —El desdén con el que hablaba Migueliño me irritaba, pero debía guardar las formas, ya que era mi mejor… Mi única baza para conseguir información provechosa.

El suelo bajo mis pies avanzó varios metros. Estaba más cerca de Migueliño, pero seguía sin verle. Tenía miedo de que se alargase hablando demasiado tiempo. Mi fila no esperaba.

—Tú cuéntame lo que sepas.

—¿Pero que me ofreces tú a cambio? La información no es gratis. —Si pudiese levantarme, iría a por él, lo cogería y lo tiraría por el vacío sin aspavientos.

—Estoy intentando sacarnos a todos de aquí. ¿Te parece poco?

—Yo me encuentro cómodo aquí. Uno se acostumbra. —Intenté pensar, pero lo cierto es que no tenía nada más que ofrecerle aparte de promesas que no sabía si podía cumplir.

Volví a avanzar; poco, por suerte.

—Has dicho que este sitio es un teléfono escacharrado gigante. ¿Te vas a quedar sin participar?

Rió con condescendencia. Escuché como inspiró aire profundamente por la nariz varias veces antes de hablar. Estaba aprovechando el silencio y la incertidumbre para captar la atención de todo el que pudiese.

—Bueno, damas y caballeros, chicos y chicas, compañeros de fila, vecinos de otros pisos: silencio, que es mi turno y quiero jugar. —El suelo bajo mis pies avanzó nuevamente y se frenó justo al lado de Migueliño. Nos miramos mutuamente de manera un tanto desafiante.

Era tan bajito que, aunque la pared que nos separaba no fuera especialmente alta, apenas era posible verle la cabeza. Yo parecía un rascacielos a su lado. Ahora entendí el porqué de su afán por llamar la atención. Nadie lo veía y él no veía a nadie. Debía de pasar totalmente desapercibido y hoy tenía la oportunidad de ser el centro de atención, de estar en boca de todos…, de hacerse notar. Le compadecí.

—Le quiero poner un título a la historia antes de contarla. Dicen que un buen título es la mitad de una historia, y la otra mitad es la historia en sí.

Migueliño tenía a todos su alrededor expectantes, no cabía en sí de gozo, pero estaba tensando mucho la cuerda con su numerito y él lo sabía, así que no esperó ni un segundo más.

—Tridente, Tridente, Tridente por allí, Tridente por aquí. ¿Pero quién es en realidad Tridente? Dicen que es un dios, que es este lugar, que no es nadie, que lo es todo. No lo sé, me da igual, yo os voy a contar quién sí fue. El fin de una generación y su legado… Pompeya. Mi historia se titula Pompeya.

POMPEYA

Tridente, un joven al que le tocó vivir una época en la que ver a un gigante era inusual. Era difícil distinguir un día del anterior. La monotonía era absoluta y los mil ojos poco tenían que contar. Él nunca había sido amigo del silencio ni de la calma. A falta de las narraciones de los mil ojos, pasaba los días conversando con los de su alrededor. Era querido por muchos, otorgaba una alegría inusual a este sitio.

El día que llegó a primera fila, se respiraba un aire taciturno y melancólico. Nadie quería que su marcha llegara. Sin embargo, él permanecía tranquilo y dispuesto a pasar a mejor vida. Se despidió con unas palabras amables. ya que su partida era inminente. La barra que evitaba que se cayera comenzaba a ocultarse mientras él se iba inclinando con delicadeza pudiendo ver el hoyo que tenía bajo sus pies, tan profundo que provoca vértigo incluso al más valiente.

Se dice que el hoyo se hace más profundo con cada individuo que atrapa, convirtiéndolo en infinito.

Tridente no quería pasar un segundo más en este lugar, aunque la despedida con los que había compartido tantas charlas y buenos momentos le resultaba muy dura. Y cuando por fin estaba a punto de saborear su final, la barra se detenía en seco sin razón aparente. Tridente estaba desconcertado.

¿Sabéis…? Ese aire fresco que nos permite ahora, y les permitía a ellos, vivir en este lugar, ¿os imagináis que cesara de repente? Segundos después de que se parara la barra de Tridente, el aire dejaba de correr. La temperatura había comenzado a aumentar en el ambiente. El aire que antes era fresco y agradable, ahora era espeso y costaba respirar. Cuanto más alto era el piso en el que te encontraras, más calor hacía. El aire húmedo ascendía hasta lo más alto y se condensaba en forma de gotas de agua que caían sobre los mil ojos.

Caían tantas gotas por el vacío, pasando a gran velocidad por delante de los que estaban en primera fila, que pensaban que estaba lloviendo.

En los pisos más altos, el calor era insoportable. La gente notaba que se deshacía por dentro, su cuerpo dejaba de ser del todo sólido y sabían que no podrían aguantar de pie mucho más tiempo.

Todo el mundo pedía ayuda, e incluso pensaron que sus plegarias habían sido escuchadas cuando apareció un gigante después de tanto tiempo, mas no los ayudó en absoluto.

Todo este lugar se movía bruscamente, un terremoto de gran magnitud lo sacudía de manera feroz. Parecía que las imponentes paredes se iban a desmoronar y el suelo de cada piso temblaba hasta casi resquebrajarse.

De pronto, las luces se apagaron y la única luminosidad que entraba provenía de la pantalla. Las sombras comenzaban a invadirlos mientras apagaban toda luz con la que se topaban.

En ese momento, vieron una perspectiva distinta de lo que siempre percibían a través de la pantalla; era el mismo sitio, pero otro punto de vista.

En uno de los primeros pisos había un individuo cuyo abrigo estaba roto; tenía un agujero. Justo al agujero le llegaba un rayo de luz que parecía que lo estuviera atravesando. Empezó a deshacerse mientras emitía ruidos de agonía. Se estaba derritiendo, y lo que antes había sido él, se transformaba en un líquido viscoso que iba cayendo poco a poco, piso por piso. Tridente lo veía caer lentamente delante de él. Sentía una combinación de lástima y repugnancia.

Estaba aterrorizado, no sabía qué estaba pasando, nadie lo sabía. El aire que se condensaba en lo más alto en forma de gotas de agua caía en su barra, Tridente empezaba a escurrirse sin que esta pudiera sujetarlo hasta finalmente caer.

Esperanzado, creía que por la trayectoria que llevaba caería directamente en el fondo, pero de repente, un segundo terremoto volvió a ocurrir y todo en este lugar, de golpe, volvió a su posición original, a donde había estado siempre y está aún hoy. Tridente, por culpa del repentino cambio de posición de este sitio, chocó con la cuarta pared y los distintos pisos que tenía bajo sus pies incesantemente, hasta que se quedó pegado donde aún, a día de hoy, permanece incrustado.

¿Os acordáis de hace un momento, cuando os he contado

sobre el tío que se derritió? Pues quedó reducido a una pasta pegajosa que permaneció adherida en la pared de abajo del todo. Y Tridente tuvo la mala fortuna de caer justo encima de él. A pesar de haberse detenido ahí, Tridente tenía la confianza de que se terminaría despegando del líquido pastoso y se caería al fondo poniendo fin a su vida de una vez.

La cuarta pared se abrió y el gigante que estaba fuera sacó a todos los que estaban dentro uno por uno, salvo a Tridente, que estaba deslizándose hacia el fondo por debajo del último piso. Gritó y gritó, desgarrándose la voz, pero sin éxito. Nadie le oía.

Mientras veía como se llevaban a todos los que él había conocido, él se quedó impotente, roto, destrozado por dentro y completamente solo. Tenía el corazón quebrantado.

Este sitio, por fuera, había vuelto al mismo lugar de siempre, pero por dentro no era el mismo.

Una vez el gigante sacó a todos, se marchó, y el conticinio parecía eterno.

Con la primera luz del día siguiente, las luces de aquí dentro se encendieron de nuevo y el aire fresco volvió a soplar. El líquido donde estaba Tridente solidificó y él, que estaba a punto de caer, fue condenado a permanecer ahí, incrustado, pudriéndose con él.

Había permanecido en soledad durante varias semanas hasta que un día los pisos volvieron a estar llenos de gente y retornó la dinámica de siempre. Tridente tomó la decisión de no volver a hablar con nadie para no crear ningún vínculo que luego el destino le pudiera arrebatar de manera caprichosa, y así lo hizo.

No se sabe hasta qué punto su historia es real. Ni siquiera se sabe si sigue ahí abajo. Hay quien dice que aún se ve la marca dónde cayó y pereció. Otros dicen que se fusionó y ahora es parte de este lugar, de sus paredes… Y hay quien dice que es un dios y algún día volverá para sacarnos de aquí.

Con el paso del tiempo, Tridente se ha convertido en este lugar y este lugar se ha convertido en Tridente. No ha contado a nadie su historia, pero somos muchos los que hemos oído hablar de ella.

Personalmente, si queréis mi opinión, yo creo que Tridente sigue ahí abajo, condenado hasta el fin de los días. Y que, cuando nos llegue la hora y caigamos al vacío, Tridente será lo último que veremos intentando agarrarnos para que ocupemos su lugar y librarse así de su maldición, condenándonos a nosotros.

NACHO II

ATRAPADO EN LA VORÁGINE

Ahora mismo estaría envuelto en un rugido ensordecedor de aplausos a palma abierta si no fuera porque teníamos estas barras que nos impedían mover los brazos libremente. Migueliño había resultado tener una gran habilidad para comunicar y embaucar a su elenco. Estaban sedientos de más fantasía, porque eso es lo que era, fantasía y nada más.

Mientras me hacía perder mi valioso y limitado tiempo, mi fila seguía avanzando implacable. Migueliño se quedó varios metros por detrás de mí, y lo lamenté profundamente porque no iba a poder mirarle a los ojos cuando le dijese la repugnancia y la pena que me provocaba.

—Me das pena, Migueliño; la vida no ha sido justa contigo. Primero, el destino te trae a este maldito lugar, pero no se queda ahí. Te hizo pequeño, intrascendente, apenas podía verte cuando estabas a mi lado, te compadezco. Pero eso no te da derecho a desperdiciar mi tiempo, ni el de nadie de tu alrededor, ¿que no te das cuenta de que no nos sobra? No estamos como para ceder ni un mísero segundo escuchando tu cuento sobre ese tal Tridente, que a saber si existió, y encima inventarte que es una especie de semidiós solo para tener a la gente escuchándote y así sentirte un poquito más importante. Eres insignificante. —Migueliño enmudeció.

Estaba fuera de mis cabales, lleno de ira. Casi veía la pantalla en toda su plenitud. De repente, una turba de gente me increpaba sin parar defendiendo a Migueliño. No dejaban de insultarme.

—Llevo desde el primer día intentando sacaros de aquí, haciendo el esfuerzo que nadie quiere hacer. Lo siento, pero no me arrepiento de ninguna de mis palabras.

—Nadie te ha pedido ayuda —dijo uno.

—Abandona tu investigación ya, eres tú el que se cree un semidiós pensando que nos va a sacar de aquí, pero te autoengañas; no vas a llegar a ningún lado —comentó otro de tantos que me increpaban.

—No sabéis lo que decís, no tengo tiempo que perder, ¡nadie lo tiene! ¿Es que no os dais cuenta? Claro que no, cómo os ibais a enterar de algo. ¡Estáis dormidos! Vuestras filas avanzan tan lentas que os creéis que no se mueven, que permanecen quietas por siempre, os sentís inmortales… Hasta que de repente un día os encontráis con la inmensa pantalla delante de vuestras narices y lo único que se interpone entre ella y vosotros es un inmenso vacío tan oscuro que os encoge el corazón. Y, en ese instante, os preguntaréis qué habéis hecho todo este tiempo, que habéis hecho para evitarlo. Ya os lo digo yo: nada. Recogéis lo que sembráis.

Los que estaban delante de mí no podían girar la cabeza;

a los que tenía detrás no podía verlos, pero solo viendo a los que tenía a ambos lados sabía con certeza que me había convertido en el ser más odiado de este lugar. No los juzgaba, la verdad duele y me reitero, no eran conscientes de que estaban desperdiciando su vida viéndola pasar como si nada.

Terminado ese incidente, volví a mi rutina preguntando a los nuevos que tenía cerca de mí. Nadie me respondió, absolutamente todos me hicieron el vacío. Irónico, ahora parecía que era yo a quien no veían. «Están tarados, no saben lo que hacen. Ya recapacitarán», pensé.

Al cabo de varias horas seguían obcecados en ignorarme. Los nervios me consumían, no soportaba el vacío, me había convertido en invisible. La ansiedad me presionaba el pecho con más fuerza que las barras. Empecé a desvariar.

—Hola, soy Nacho, estoy recopilando toda la información que pueda para sacarnos de aquí. ¿Sabes algo que pueda servirme de ayuda?

—¡Oh! Pensaba que a nadie le preocupaba este sitio. Sí, te contaré todo lo que sé con todo detalle —me respondí a mí mismo ensimismado—. Mira, lo primero que debes saber es que desde el primer momento en el que abres los ojos en este lugar, estás condenado a avanzar cada día hasta llegar al vacío por el que todos caemos, sin excepción.

»Además, como habrás podido notar, todos estamos inmovilizados por dos barras, una en el pecho y otra en la espalda. Nos pasamos los días mirando al frente escuchando lo que dicen los mil ojos. Describen lo que ven en la pantalla. Parece emocionante, pero en realidad, no suele variar mucho. Suelen aparecer gigantes cada equis tiempo, pero nunca interactúan con nosotros. Llegan, se sientan un rato, o pasean y después… plaf; se marchan.

—¿Cómo es lo que se ve, no digo los gigantes, sino el lugar donde aparecen?, ¿va variando o es siempre el mismo? —me hice la pregunta a mí mismo.

—Buena pregunta. Siempre es el mismo sitio: un habitáculo con un techo liso de color blanco y tres paredes de color amarillo pastel. En la primera hay una puerta por donde siempre entran, en la segunda unos papeles pegados y en la tercera una pantalla, aquí dentro la llaman la quinta pared. ¿Qué más? Hay un sitio para sentarse y poco más, la verdad.

—Ajá. Quinta pared…

—¿Te ha servido de algo lo que te he contado?

Desperté de la locura.

—Pues claro que no, imbécil. Soy tú. Te estás volviendo loco.

No sé cuánto tiempo había estado hablando, creo que había pasado un día desde Migueliño. Me sentí totalmente avergonzado y permanecí callado. Había fracasado. Cerré los ojos, quise descansar y unirme al silencio de este lugar, sumergirme en su monotonía y adoptar la indiferencia del resto. Quizá era mejor abandonar mi verdad y dejarme seducir por la mentira piadosa: «Todo va a ir bien», me dije.

Estaba a punto de tirar todo por la borda cuando de repente algo empezó a ocurrir.

Varios pisos por debajo de mí, alguien que no pertenecía a los mil ojos no paraba de hablar. Estaba suplicando a los mil ojos que le describieran qué estaba sucediendo al otro lado, pero no le hacían caso. Conocía esa sensación de impotencia, su desesperación me recordaba a mí mismo.

Él no paraba de suplicar, estaba acaparando toda la atención de este lugar hasta llegar a ser la única voz que se escuchaba; estaba alcanzando la locura cuando gritó algo que no conseguí descifrar. Estaba demasiado lejos.

En ese mismo instante, un sonido ensordecedor fuerte y seco acaeció seguido de un destello que nos cegaba a mí y a todos impidiéndonos ver qué sucedía. Ya no se escuchaba al loco. El caos envolvía todo este lugar, nadie sabía qué estaba pasando. En medio de la confusión y los gritos de la muchedumbre destacó una voz. Era distinta al resto, no pertenecía a este lugar: «Menos mal que al menos alguien aprecia lo que hago. Gracias». Era imposible creerlo, pero al mismo tiempo estaba seguro: la voz provenía de la cuarta pared.

El destello, como vino, se fue; acompañado de nuevo de otro sonido breve y fuerte, como si de un rayo se tratara: PAM. Todos intentábamos abrir los ojos, pero tardamos varios segundos en poder ver con normalidad. Cuando recuperé la vista ya era tarde, no había ningún gigante al otro lado.

Pregunté a todo el que pude qué había ocurrido pisos más abajo, y, para mi sorpresa, la mayoría están tan distraídos con el incidente que su determinación por hacerme el vacío había pasado a un segundo plano.

Todos hablaban de oídas, algunos decían que un gigante se había llevado a trece individuos de una misma fila mientras el destello nos impedía ver; otros, que se habían desvanecido. Lo que estaba claro es que ya no estaban entre nosotros.

No era lo único que había sucedido. Tenía razón antes respecto a mis pensamientos sobre la extraña voz. Un gigante se había comunicado con la persona que segundos antes estaba gritando como loca. La primera vez en la historia que alguien de la cuarta pared hablaba a alguien de aquí dentro. Kit lo llamaban, abrigo rojo, números en el costado, muy parlanchín y curioso. Estaba obsesionado con ese mismo gigante y no tenía ninguna duda de que, después de esto, esa obsesión solo se habría acrecentado.

En general, la masa comenzaba a calmarse, aunque una gran parte de la gente no paraba de tratar a ese tal Kit como si de un dios se tratase. Le consideraban una conexión entre dos mundos, un puente. Tal vez tengan razón, pero ¿por qué él?

Seguí recopilando información. Sin embargo, los demás salían de su ensoñamiento y, con ello, volvió el vacío hacia mí. Nunca antes había sucedido algo tan extraordinario, casi seguro que era la única y última oportunidad que tenía de averiguar algo relevante sobre este lugar. La gente no veía eso, les daba igual. Preferían ignorar al único que hacía un esfuerzo por sacar a todos de aquí. Desagradecidos. Todo eso era por culpa de Migueliño; «espero que le mereciese la pena su momento de gloria», pensé

No paraba de hacerme preguntas sobre Kit y todas las posibles respuestas que obtenía carecían de lógica. Nada le diferenciaba del resto a excepción de su obsesión por ese gigante. A no ser que tuviera una conexión divina, no lograba entenderlo. Intenté que no me invadiera la desesperación, tenía que seguir intentándolo, quizás desde un nuevo enfoque; tal vez, en lugar de buscar respuestas debía hacerme las preguntas correctas.

Intenté abrir la mente, alejarme y ver la imagen completa. Y en ese momento me acordé de los grandes olvidados eclipsados por Kit. Los trece que se fueron, ¿qué tenían en común?, ¿por qué trece, ni uno más, ni uno menos? Pertenecían a la misma fila que Kit. ¿Fue mera casualidad?

—¡Eh, tú! Deja de hablar solo y cuéntanos al resto qué ves. —No dí crédito, me estaba hablando a mí. Levanté la cabeza y entonces lo entendí. Delante de mí se erguía la pantalla sin nadie delante que la tapara. Estaba en primera fila, ya era uno de los mil ojos.

Había estado tan inmerso en mi cabeza preguntándome sobre el incidente que no me había percatado de que el suelo había avanzado. Todos estaban a mis espaldas, no había nadie delante de mí, nadie nuevo a quien preguntar. No había averiguado nada y faltaba poco para mi marcha. El tiempo corría y yo iba a rebufo, pero no era capaz de alcanzarlo.

—¿¡A qué esperas!? ¿Qué es lo que ves? Cuando llegaste a este lugar te contaron lo qué había, ¿no? Pues haz tú lo mismo.

Salí despacio de mi ensimismamiento abriendo los ojos de par en par y observando lo que tenía en frente de mí. No había nadie al otro lado de la pantalla, estaba todo igual que siempre, pero estaba en primera fila, por lo que procedí a describirlo.

Primero la sala, con sus paredes, el techo, los colores y texturas de cada cosa; seguí con el sofá, las hojas en la pared. Las describí más a fondo, me percaté que en las hojas había números apuntados del uno al treinta y uno, la mayoría tachados. Describí la agradable luz que entraba en ese momento por la quinta pared. Ojalá fuera esa la que inundara este lugar y no la horrible luz blanca que estaba siempre aquí.

Entonces me di cuenta: la gente me escuchaba. Nunca antes la gente había estado tan pendiente de lo que decía. Era una oportunidad y tenía que aprovecharla. Tal vez no hubiera conseguido sacar a nadie de aquí, pero intentaría conseguir que alguien continuase con mi misión; solo hacía falta concienciar al menos a uno.

—¿Sabéis...? Hay una idea que lleva un rato invadiendo mis pensamientos. Los mil ojos tenemos la función de describir lo que tenemos delante, ¿no es así? Entonces, ¿por qué siempre nos han hablado exclusivamente de lo que se ve a través de la cuarta pared? ¿Por qué evitan hablar de lo que se encuentra antes de la cuarta pared? Porque, al menos yo, no era consciente de lo que tengo ahora mismo delante de mí hasta que lo he visto con mis propios ojos.

La gente estaba desconcertada, pero permanecían en silencio, incluso los demás mil ojos callaban. Estaban esperando a que continuase, pero me demoré varios segundos para generar más suspense y así atrapar más a mi audiencia... —«Gracias, Migueliño, por enseñarme cómo hay que dar un discurso», pensé. «Es mi única oportunidad y debo hacerlo bien».

—Mirad, si miro hacia delante observo la eminente pantalla... imponente, firme, inamovible; es realmente impresionante, con unas dimensiones abrumadoras, pero si miro hacia abajo veo algo mucho más abrumador; un vacío sin fondo en el que todos estamos destinados a caer desde el día que llegamos aquí y no tenemos forma de eludirlo.

»No sólo es terrible lo que se ve, lo que se siente también. Una sensación de impotencia, de tiempo malgastado. Incluso el olor es distinto. Aquí delante se puede respirar la muerte que se acumula en el fondo del precipicio, y el miedo. Es eso..., el miedo. El miedo invade a todos los mil ojos y estos en lugar de enfrentarse a él, lo rehúyen intentando no pensar, ocupando cada segundo del tiempo que les queda describiendo lo que hay al otro lado de la pantalla una y otra y otra vez aunque nada haya cambiado. Tienen miedo de lo que les espera y por eso no callan ni un maldito segundo, porque si lo hacen el terror los engulle. Cuanto más tiempo pasa sin que hayan caído, más alto hablan. Hablan alto para no escuchar sus miedos.

Era la única voz que sonaba en todo este lugar. Si había un momento perfecto era este, no podía malgastar ni un segundo más.

—Todos los de este piso sabéis quién soy, y los de los pisos colindantes probablemente me hayáis escuchado alguna vez. Os pido por favor que sigáis con mi misión; entre todos sé que podréis encontrar las respuestas que yo nunca he encontrado, podéis adelantaros a vuestro destino. Mi tiempo aquí ha terminado. En cualquier momento la barra que tengo delante dejará de sujetarme y la oscuridad me absorberá sin que nadie recuerde quién fui, pero no me importa si consigo que al menos uno de vosotros siga con mi cometido. —Estaba totalmente metido en el papel dispuesto a lanzar mi última pregunta—:¿Quién está dispuesto a seguir con lo que no pude terminar?

En mi cara deslumbraba una sonrisa llena de esperanza. Estaba seguro de que serían muchos, si no todos, los que seguirían mi tarea. Los segundos eran eternos y el silencio predominaba. Volví a preguntar emocionado, pero la respuesta fue la misma. Veinte segundos pasaron hasta que el silencio se rompió. Uno de los mil ojos volvió a describir de nuevo lo que había al otro lado de la pantalla y decenas le siguieron. Mi sonrisa se desvaneció y, aunque seguía con vida, nunca me había sentido tan muerto por dentro.

Era hora de descansar, en cualquier momento mi vida

llegaría a su fin, y asumí que la razón por la cual nos ha tocado estar en este lugar es inescrutable.

Observé una última vez la cuarta pared con todo detalle y decidí que nunca más volvería a mirarla.

También me negué a describir lo que veía. A diferencia del resto de los mil ojos, no caería tan bajo. Quería mirar de frente a mi destino y eso hice. Incliné la cabeza, bajé la mirada y ahí estaba: infinitos pisos bajo mis pies y una caída sin fondo. Me consolaba que al menos me libraría de la dichosa luz para siempre.

Mis ojos se dejaban absorber por la oscuridad. Desvié la mirada una milésima de segundo y entonces me sentí imbécil. Una milésima de segundo hizo falta para darme cuenta de que había pasado por alto un detalle fundamental. Los números en el costado. Cuatro cifras con una raya a media altura que los separa en parejas. Yo los tenía, todos los teníamos. Los trece que se fueron, también.

En ese instante, mi alma se llenó de vitalidad y volví a ser quien era una última vez.

Pregunté a los cuatro vientos como si me fuera la vida en ello:

—¡Los números en el costado! ¡¿Qué números tenían los trece que se fueron?! ¡Decídmelo, rápido! —Al principio no me hicieron caso, pero era innegable la importancia de la pregunta y la información comenzó a llegar.

Escuché muchos números, pero la mayoría coincidía en que los trece que se fueron tenían los mismos números en el mismo orden: 23-01.

La gente estaba perpleja. Sabían que había descubierto algo, pero no comprendían qué.

Mi cabeza iba a mil por hora, los pensamientos entraban

y salían a toda velocidad; supliqué para mis adentros que no se tratase de otra pista sin salida. La gente estaba esperando que les explicase qué significaban, no paraban de preguntarme. No había quien se concentrase.

—¡Silencio! —grité.

Levanté la mirada y entonces lo vi. Las hojas en la pared. Números del uno al treinta y uno en orden, cada uno en un recuadro distinto. Todos tachados hasta el 27.

Hacía cuatro días que había ocurrido el incidente. Eso era. Era la fecha final de cada uno. Llevábamos toda la vida con la fecha de nuestro final en nuestro costado y nunca nos habíamos percatado a pesar de que lo teníamos delante de nuestras narices. Si se pasaba la fecha y no habíamos caído aún, nos llevaban, como les sucedió a los trece que se desaparecieron. Me empecé a reír con un ápice de locura. Toda la vida buscando respuestas a mi alrededor cuando tan solo habría bastado con mirarme a mí mismo.

No podía callarme, en cualquier momento me iba a caer. Conté lo que sabía y grité todo lo alto que pude dejándome la voz para que se me escuchase en todos los rincones posibles.

Entonces, volví a ser testigo de cómo la masa se convertía en víctima del miedo y la incertidumbre. No eran conscientes de que, en realidad, se trataba de una buena noticia, hasta ahora se consideraban inmortales, no notaban el paso del tiempo. A partir de aquel día, vivirían un poco menos en la ignorancia y serían más conscientes de lo único que importaba: salir de aquí. Y todo gracias a mí.

La vida en este lugar nunca más volvería a ser igual. Con el primer rayo de luz amarilla de cada día, lo primero que harían los mil ojos sería decir en qué fecha estábamos y cada uno se miraría su costado con su respectivo número y haría las cuentas del tiempo que le quedaba. Un eterno recordatorio de que el tiempo se les acababa.

Mi hallazgo tenía más repercusiones de las que pensaba. Kit estaba saliendo mal parado; había pasado completamente a un segundo plano, perdiendo relevancia e, incluso, había quien le tachaba de estafador. Seguía pensando que no era nada más que alguien que estaba en el lugar correcto y en el momento oportuno, y que por una serie de eventualidades se había convertido en algo que no era, y peor aún, se lo había creído.

De todas formas, dentro de poco sería historia; como todos, tarde o temprano. Oí que le quedaban cuatro días para que llegara su fecha: 01-02.

En cuanto a mí, todo lo que me rodeaba era una tormenta de caos y miedo que sin duda se apaciguaría, y yo me hallaba en el centro, en calma. Estaba en el ojo del huracán.

Noté como el peso que me había puesto a mis espaldas empezaba a desligarse de mí mientras lo adquirían otros muchos. La responsabilidad de intentar sacarlos de aquí ya no era mía. Podía descansar y embadurnarme de tranquilidad sabiendo que los que me sucederían seguirían con mi labor, con mi legado. Y aunque nadie me lo agradeciera directamente, sabía que el día que salieran de ahí se acordarían de mí, de mi nombre: Nacho.

Mis pensamientos se detuvieron por un segundo y el mundo a mi alrededor con ellos. Me olvidé de mis investigaciones, de las preguntas, de mis preocupaciones y simplemente observé, respiré, viví. Era maravilloso. Entonces surgió en mí una pregunta incómoda: ¿había merecido la pena cargar con el peso de tanta responsabilidad todo este tiempo sin reconocimiento alguno? Tal vez no. Quizás había desperdiciado mi tiempo cuando siempre supe que salir de aquí era casi imposible.

Basta de preguntas. No quería estar lamentándome el poco tiempo que me quedaba. Decidí disfrutar y unirme a los demás en la ignorancia, ergo, en la felicidad pasajera y hueca que siempre había criticado.

«Ahora entiendo por qué la gente prefiere autoengañarse. Es sencillo, casi espontáneo», pensé.

El suelo se movía, la barra desapareció y caí al vacío. Se acabó.

Estaba en uno de los pisos más altos. Desciendo a gran velocidad observando a cientos, miles de ojos esperando su día. Los que estaban en primera fila abrieron los ojos cuando me vieron caer; crucé miradas que duraron una milésima de segundo, suficiente para percibir lo que sentían. Intenté observar todo antes de sumergirme en la profundidad con el mismo interés que el primer día que pude ver.

Se terminaron los pisos y solo había oscuridad, y justo antes de cerrar los ojos para siempre, no di crédito a lo que vi. Mi mirada se cruzó con la de un último individuo. Con los ojos de este lugar, de una leyenda, una historia que nunca me creí.

Tridente era real y era lo último que veías antes de sumergirte en lo más profundo de la oscuridad, de donde nadie volvía jamás.

KIT II

CAÍDA

Siempre esperé que llegase el momento en el que nadie tuviese que describirme lo que había al otro lado de la pantalla y ser yo el que pudiese deleitar a los del fondo con las maravillas que hacía Iris. Pero estar en primera fila era un postre envenenado.

Al otro lado de la pantalla salía la que sería la última luz que vería en mi vida. Una vez se consumiese, esa luz solo existiría en mi cabeza porque al día siguiente, cuando volviese a aparecer, yo ya no estaría aquí para verla.

Al principio, la luz amarilla penetraba débilmente e iba adquiriendo fuerza a medida que pasaba el tiempo, alcanzaba su apogeo y seguidamente se desvanecía poco a poco. Ahora mismo acababa de alcanzar su momento de mayor brillo e Iris no había aparecido. Recordé que en ocasiones Iris había permanecido varios días sin aparecer; crucé los dedos para que hoy no fuese uno de esos días y pudiese presenciar sus obras una última vez.

Mientras mi preocupación ocupaba la totalidad de mis pensamientos, los que estaban a mis espaldas no paraban de increparme. Insistían en que si estaba en primera fila debía describirles lo que veía, como hacían el resto de mil ojos. Sobre todo, no paraban de preguntarme cuál era el último número que había sido tachado en las hojas de la pared. Una pregunta que no había parado de repetirse numerosas veces en lo que iba de día, una pregunta que rozaba la obsesión y cuya causa tenía nombre: Nacho.

Llevaba tiempo oyendo hablar de él. Por lo que había escuchado, lo consideraba un tipo que había sido consumido por su propia obsesión de convertirse en el héroe que nadie había pedido que fuera. Quería sacarnos a todos de aquí a cualquier precio y pensaba que todos lo queríamos, pero no hay más ciego que el que no quiere ver. Ese sueño, ese objetivo, era suyo; no del resto. Aquí dentro, la mayoría de la gente no tenía la necesidad de escapar. Él veía un problema donde otros veían la vida en sí misma.

Sin lugar a dudas, su paso por este lugar no había dejado indiferente a nadie; pocos habían dejado tanta huella. Tal vez no haya conseguido cumplir su propósito, pero había dejado un legado. Ese tal Nacho se había marchado para siempre, pero su obsesión prevalecía como un parásito nutriéndose de la pavura que carcomía a quienes ahora veían su final en el costado nada más despertar.

No estaba de acuerdo con él en muchos aspectos, pero solo un necio podía negar que tenía razón en algunas cosas. Cuando formabas parte de los mil ojos, no había un solo segundo de silencio y era por miedo. Todos teníamos una vida sin preocupaciones hasta que llegábamos aquí y nos encontrábamos con el abismo bajo nuestros pies. No nos atrevíamos a mirar abajo, por eso siempre hablábamos de la pantalla. Mirábamos hacia delante y, cuando terminábamos de hablar, volvíamos a contar lo mismo. Los mil ojos no estábamos obligados a narrar lo que veíamos, éramos nosotros mismos los que nos obligábamos para no pensar en lo que nos deparaba el futuro. Nuestro instinto intentaba eludir los pensamientos de miedo ocupando la mente. Pero, aunque no mirásemos abajo, era imposible escapar de la verdad.

No es la única cosa que se ocultaba deliberadamente, por no mirar abajo no ibas a esquivar el miedo. Yo llevaba manteniendo la mirada en la pantalla todo el día esperando a que apareciese Iris, cuando de repente, los pisos que estaban por encima del mío se callaron al unísono. Alcé la mirada y vi como caía uno de los mil ojos ante mí. No era uno cualquiera, era el mismísimo Nacho.

Cuando eras un ojo más, siempre ibas a ver a alguien caer antes de que fuese tu turno, alguien que ya no tenía una barra que lo sujetase, y tampoco un suelo sobre el que apoyarse. Caían como un peso muerto, la mayoría agitándose como locos, intentado evitar lo inevitable, pero no él.

Caía a toda velocidad atraído por la gravedad, sin embargo, parecía que bajaba con un movimiento armónico, como una hoja que se cae de la rama en otoño, ligero como una pompa. Mientras caía, logré cruzar la mirada con él durante una milésima de segundo. Lo que mis ojos vieron no tenía nada que ver con la imagen de lunático que me venía a la cabeza cada vez que escuchaba su nombre. Él irradiaba tranquilidad. Había dejado atrás una carga que ahora reposaba sobre los hombros de muchos otros que permanecían aterrados por el final que les esperaba.

Todo el mundo estaba alterado; yo también, pero por una razón distinta. Cada segundo que pasaba, la luz amarilla se volvía más tenue, el día se estaba acabando e Iris no había aparecido.

De repente, abrí tanto los ojos que casi se salieron de mis cuencas. Una sombra avanzó por el suelo invadiendo la sala. Después entró el dueño de dicha sombra. Me temblaba el cuerpo de la emoción, casi podía moverme, pero cuando irrumpió de lleno en la sala vi que no era él y cualquier atisbo de esperanza que aún tenía se esfumó.

Este gigante captó mi atención mientras me olvidaba de Iris momentáneamente. Había algo en él que me inquietaba, un mal augurio.

Vino directo hacia nosotros y comenzó a observarnos realizando un movimiento asintótico con la mirada: arriba, abajo. Estaba tan cerca que sus pestañas chocaban con la pantalla. Frunció el entrecejo, abrió la boca y enseñó los dientes. No era necesario oler su aliento para deducir que no era un aroma agradable.

Sus ojos seguían moviéndose, mirando a los mil ojos, cuando de repente frenaron en seco. Me estaba mirando. Esas dos grandes bolas blancas que rodeaban un círculo de color azul verdoso con miles de hilos que a su vez envolvían sus pupilas negras, me estaban mirando. Pero no eran negras, estaban vacías; eso me espeluznaba.

«Viene a por mí —pensé—. Los números del costado no engañan, es mi hora».

Levantó su corpulenta mano y la apoyó sobre la pantalla.

Con la otra se limpió las gotas de sudor que recorrían su frente evitando que le llegaran a los ojos.

Sin que pudiera hacer nada para evitarlo, el suelo de mi fila comenzaba a moverse. La barra que siempre me había sujetado ya no estaba. Bajé la mirada y visualicé lo que me esperaba en cuestión de segundos.

Cerré los ojos y pensé en mi amigo Iris. Por mi cabeza empezaron a pasar todas las pinturas con las que me había deleitado, una detrás de otra. El pecho me quemaba por la tristeza que se me acumulaba al pensar que no volvería a ver ninguna obra más y saber que mi vida llegaba a su fin.

Mi cuerpo empezaba a inclinarse hacia delante, perdía el equilibrio. El suelo se había parado, pero yo ya no estaba sobre él. Ya no era uno de los mil ojos, era alguien que descendía a toda velocidad hacia la eterna oscuridad. El corazón me ardía. Intentaba por todos los medios aferrarme a algo, evitar la caída, necesitaba un milagro.

—¡Ayuda! —grité por instinto, pero nadie podía hacer nada.

Me golpeaba con varios pisos y con la pantalla mientras caía. Giraba tan rápido que no distinguía qué estaba arriba y qué abajo, cuando de pronto, con todas mis fuerzas, con todas mis ganas y ansias de vivir un día más, clac. Me quedé atascado a la altura del último piso.

Un milagro.

No daba crédito. Tardé unos segundos en comprender que aún seguía en este sitio y comencé a sonreír. Por el contrario, el gigante estaba furioso. Los mofletes se tornaron rojos, la sangre le llenó varias venas del cuello y de la frente, hinchándose notablemente; se le podían ver a simple vista.

Alzó los puños y golpeó la pantalla lleno de furia, pero esta no cedió; apenas tembló.

PUM, PUM, se escuchaba. Pero yo estaba encallado. El gigante dejó de luchar y, lleno de impotencia y rabia, decidió marcharse.

Respiré.

SEGUNDA PARTE

LA OBRA COMPLETA

UN MARCO VACÍO

Din, din, din... Sonaba la alarma. Manotazo al cacharro y cesaba. El joven se levantaba de la cama directo al baño, agua en la cara, toalla y a la cocina. Se tomaba su Cola Cao bien frío, con un dedo de grumos, junto a dos tostadas untadas con mantequilla y mermelada que se zampaba sin problemas.

Terminaba, se ponía el uniforme y se dirigía a la puerta que daba a la calle. La abría, cogía aire y lo expulsaba resoplando a la vez que daba el primer paso en dirección al colegio. Así eran cinco mañanas suyas cada semana.

Tras una caminata, llega al colegio. Tan solo era necesario mirarle a los ojos y observar que no había un ápice de ilusión.

Primera hora, tarea en grupos por filas. Apenas participaba y, cuando aportaba alguna idea, su compañero de delante la rechazaba por buena que fuera.

—¿Qué os parece si para la presentación aprovechamos este dibujo que tengo hecho?

El otro chico se giró al instante lanzándole una mirada prepotente y, sin pensárselo ni un segundo, desechó la propuesta con ese desdén que tanto le caracterizaba. «Con la boca cerrada me irritas menos».

Sabía que, antes o después, debía plantarse. Lo intentó. Dirigió su mirada a los ojos azul verdosos de su compañero que tanta rabia le producía y la sostuvo todo el tiempo que pudo. Quiso hacer algo más, pero un sentimiento de impotencia lo inundó y sus ojos se tornaron vidriosos.

Agarró su mochila, se levantó de su asiento y se marchó dando un portazo. Caminó rápidamente por los pasillos y al ver que la puerta de la clase se abría tras él, se escondió en un armario de la limpieza. La puerta se abrió casi al instante.

—¿Qué ha pasado esta vez? —preguntó el profesor. No obtuvo respuesta—. ¿Misma historia de siempre, eh? —El chico asintió—. Ahora hablaré con él. Si vuelve a repetirlo, tendremos que expulsarle. Mientras tanto, tú no dejes que te afecte, ¿vale? Cuando estés listo, vuelve a clase. Date ahora, si quieres, una vuelta para despejarte y regresas.

Una vez el profesor volvió a la clase, el chico salió, subió hasta el piso más alto del edificio y se acercó a una sala donde había una ventana orientada al suroeste a través de la cual se veía un paisaje maravilloso.

Se quedó de pie observando la sala. Recorrió con la mirada las cuatro paredes y se centró en la única ventana, la cual era bastante amplia, situada cerca de un sofá. Se sentó a la vez que descolgaba la mochila de su espalda, la abrió y sacó su cuaderno y su estuche. Lanzó una mirada infinita a través de la ventana, luego miró el papel y comenzó a pintar.

Su mente desconectaba de todo lo ajeno al papel y su dibujo. En ese instante se sentía solo, en paz, nada podía sacarle de ese estado de calma. Cuando dibujaba, se imaginaba que al otro lado de la ventana había un paisaje maravilloso, su mente viajaba hasta allí imaginándoselo con todo lujo de detalles, como si estuviera dentro de su propia obra.

Miró con satisfacción el papel una vez terminado su dibujo. Volvió a conectar con la realidad y se dio cuenta de que no estaba solo en la sala. Una empleada de la limpieza había entrado hacía dos minutos. Se puso rojo, no solía pintar con gente alrededor.

—¿Tú no deberías estar en clase, chiquitín? —preguntó la chica.

—Prefiero estar aquí ahora, la verdad.

La chica le lanzó una sonrisa cómplice a la vez que se acercaba a la máquina expendedora que había en la sala. Mientras sacaba unas llaves le dijo:

—¿Sabes? La verdad, este es mi sitio favorito de todo el colegio. Las vistas son verdaderamente maravillosas, casi tanto como tu dibujo. —Se dio la vuelta y abrió la máquina expendedora sacando varios productos que habían caducado ese mismo día.

El chico la miró con ojos de corderillo y dijo:

—Menos mal que al menos alguien aprecia lo que hago. Gracias. —Sonrió. La chica cerró la máquina expendedora, echó el candado, se dio la vuelta y le devolvió la sonrisa. El joven se levantó y volvió a su clase.

TERCERA PARTE

CATARSIS

KIT III

LA ETERNIDAD NO ES PARA SIEMPRE

Uno puede pensar que nada es un milagro o que todo es un milagro. Yo prefería lo segundo.

Abres los ojos por primera vez, avanzas durante tu vida hacia un precipicio escuchando a los mil ojos hasta convertirte en uno de ellos, después caes y se acabó. Se acabó para todos salvo para mí; para mí y para un individuo muy especial.

Siempre deseé quedarme eternamente en este lugar para ver qué sorpresas me depararían las nuevas obras de Iris; verlas una tras otra sin aburrirme jamás, pero los deseos pocas veces se cumplen como uno quiere.

Estaba encallado horizontalmente mirando hacia abajo, a la altura del último piso. No veo la pantalla desde aquí, no volveré a ver nunca más ninguna obra de mi amigo, pero siempre podré recrearlas en mi cabeza.

Durante mis días, seguía escuchando a los mil ojos atentamente cuando llegaba un gigante. El tiempo aún no había curado la obsesión que dejó Nacho. Todos los días se recordaba, a petición de la muchedumbre, qué número estaba tachado en ese momento en las hojas. El siguiente en tacharse sería el número seis. Desde que me quedé atascado, se habían completado dos hojas enteras.

Cada vez que aparecía Iris, los mil ojos me describían lo que veían, como siempre lo habían hecho, y para mí, aunque no pudiese contemplarlo, seguía siendo maravilloso verlo en mi cabeza, en mi imaginación. El precio de la eternidad, supuse. Y aunque los días que Iris no aparecía eran más aburridos, el tiempo pasaba más rápido cuando no tenías prisa.

Pero las obras de Iris no eran lo único que me mantenían entretenido. Dos días después de que llegara aquí, cuando la luz amarilla proveniente de la quinta pared estaba en su momento de mayor apogeo y alcanzaba a iluminar lo más profundo de este lugar, más abajo de donde yo me hallaba, vi a alguien, a una leyenda.

Mis ojos no se creían lo que veían; pensé que era una mala pasada que me estaba jugando la cabeza por tanto tiempo en soledad. Pero mis ojos no me engañaban: era Tridente. Inmóvil, incrustado en la pared, con la mirada perdida. Llegué a pensar que no estaba con vida.

Había escuchado decenas de historias sobre él. Todo el mundo decía que se trataba de un monstruo, de alguien que te intentaba atrapar cuando caías, pero en mi humilde opinión, no era más que una pobre alma vieja llena de tristeza que se desintegraba poco a poco con el paso implacable del tiempo convirtiéndose en parte de este lugar.

Únicamente podía verle cuando la luz brillaba más, acto seguido volvía a sumergirse en la sombra, pero, aunque mis ojos no le vieran, él seguía ahí. Siempre había estado ahí, y siempre estaría, como yo.

Bien es cierto que, aunque gozaba de su presencia, no podía decir lo mismo de su compañía. Los primeros días no cruzó una sola palabra conmigo. Yo me dediqué a describirle lo que contaban los mil ojos, pero de la manera que yo me lo imaginaba. Una vez más, como un teléfono escacharrado. Y cuando no pasaba nada, recordaba lo que llegué a ver de las obras de Iris y se las describía con el máximo detalle. Me autodenominé el Gran Ojo.

Yo le hablaba y el nunca respondía, no hacía gestos de aprobación ni de repulsa, permanecía callado, pero yo sé que estaba escuchando, hasta que un día Iris apareció en la pantalla y los mil ojos me contaron lo que veían. Yo, maravillado por lo que oía, exclamé:

—¡Suerte la mía estar aquí hasta el final de mis días!

Entonces Tridente, que no había abierto la boca, respondió furioso:

—La misma eternidad que celebras te hará ver que eres un pobre maldecido por estar aquí. Hazte un favor a ti mismo y si algún día se te presenta la oportunidad de marcharte, ni se te ocurra dejarla escapar.

Me quedé anonadado. Era la segunda vez en mi corta vida que me hablaba alguien que pensé que nunca lo haría.

—Anda, sabes hablar. Llegué a pensar que nunca tendríamos una conversación —dije con tono irónico.

Aguanté medio minuto en silencio, pero no respondió.

—Eh, oye, no es necesario que te lo tomes tan a pecho, tan solo era una broma ¿Eres el famoso Tridente, no?

—¿Famoso? Te confundes, joven.

—Sí, famoso. Te asombrarías la cantidad de veces que he

oído hablar de ti. Eres una leyenda en carne y hueso. Todo el mundo conoce tu nombre. Tan solo con mencionarte, tu nombre es capaz de callar a todos aquellos que lo escuchan. Desprendes respeto.

—Sí, respeto… y temor, espanto, miedo. Dices que soy una leyenda cuando apenas soy un mero cuento que danza de boca en boca, generación tras generación, provocando miedo y expectación entre aquellos que escuchan mi nombre. No hay nada de mí en el Tridente de esas historias. ¿Sabes qué dicen sobre mí? Que soy un monstruo. Que con mis largas garras intento alcanzar a los que se caen por el precipicio para que ocupen mi lugar, pero, en realidad, no soy más que un desgraciado al que la vida le ha jugado una mala pasada. —Me avergoncé de mis propios pensamientos.

»He sido maldecido; estoy condenado a pasar la eternidad aquí dentro pudriéndome poco a poco, y ahora tú, que tan contento estás de tener mi misma suerte, el tiempo te arrebatará toda esta alegría efímera que desprendes, como hizo conmigo. Así que, muchacho, que te quede claro: no tienes nada que celebrar.

Su mensaje me aplastaba, arrasaba mi ilusión como un rodillo de acero. Cada palabra que salía de su boca se acercaba a mi pecho y presionaba con fuerza. Cuando terminó de hablar, la angustia que tenía me apretaba tanto que apenas podía respirar.

—Pe… pero, yo estoy feliz de estar aquí. Disfruto escuchando sobre las obras de Iris y contándote a ti lo que recuerdo de ellas, no necesito nada más. —Intentaba rebatir sus palabras evitando hacerme preguntas que me surgían mientras hablaba. No quería dejar hueco al silencio para no reflexionar sobre lo que me decía por miedo a que dijera la verdad.

—Has entendido lo que te he dicho, te estás engañando a ti mismo. Basas tu felicidad en suposiciones. Pregúntate lo siguiente: ¿Y si la última vez que Iris estuvo al otro lado de la pantalla fue, de verdad, la última vez?, ¿entonces qué? Créeme, no disfruto con esto, pero lo mejor es que lo aceptes cuanto antes. Te estoy haciendo un favor, te quiero ahorrar un dolor que ojalá alguien me hubiera ahorrado a mí en el pasado.

—No, no. No necesito que me ahorres nada. Somos distintos; tú quieres vivir eternamente amargado, solo, mientras que yo intento disfrutar con lo que tengo, con las obras, con Iris, con los mil ojos; y lo más increíble de todo es que me resulta realmente sencillo.

—¿De verdad te piensas que siempre he sido así? El Tridente del que has oído hablar ya no existe, ese ya no soy yo. Te voy a contar tan solo una vez su historia para que comprendas que algún día te parecerás mucho a mí ahora, y que cuanto antes vivas y aceptes esa transición, más sufrimiento te ahorrarás.

»Tuve una vida ordinaria, como la de cualquier otro, hasta que, el día en el que debería haberme marchado, aconteció el Gran Reemplazo. Permanecí infinidad de días donde aún sigo hoy, en completa soledad. No te imaginas la tortura que fue para mí. Entonces, llegaron los nuevos, evento que recibí con los brazos abiertos, emocionado. Mi vida volvía a brillar. Al principio era como tú, no comprendía lo que estaba por venir. Conversaba más que nunca con los que estaban en primera fila, establecía un vínculo con cada uno de los mil ojos a los que hablaba. Todavía me acuerdo de todos y cada uno de ellos. Disfrutaba como nunca, sin embargo, mi ilusión cada día se empequeñecía, poco a poco, tan despacio que apenas era apreciable, hasta que alcancé un punto de no retorno donde no me reconocí. Entonces lo entendí: cuando tú eres eterno y todo lo que te rodea es efímero, te vacías, y lo mejor que puedes hacer es rendirte, dejar de sufrir por una causa perdida.

»Cuando caía alguien con quien había establecido un vínculo, se marchaba para siempre y una parte de mí se iba con él. Poco a poco me fui descomponiendo hasta que ya no quedaba nada de lo que un día fui, de lo que había sido Tridente. Desde entonces, tan solo queda lo que ves.

Me había partido en dos. Me negaba a aceptar la realidad, aunque supiera que lo que me acababa de contar era cierto.

Mi destino es inexorable y, aun así, lo evitaría todo el tiempo que pudiese. Confiaba en que conmigo sería distinto, no porque lo creyera, sino por pura supervivencia.

—Me niego —respondí tajante.

—Hasta que lo aceptes; y cuanto antes, mejor. —No quería demostrarme nada, hablaba con un tono neutro, tal vez con un ápice de nostalgia. Creo que veía reflejado a su antiguo yo en mí.

—No.

—He intentado ayudarte, ya no puedo hacer nada más. El resto es trabajo tuyo.

—No, me niego... Me niego a que no quede nada de Tridente en ti.

—Está muerto.

—Pues lo resucitaré.

—Ah, ¿y cómo, si se puede saber?

—Voy a revivir tu ilusión, voy a seguir siendo tu Gran

Ojo, te voy a transmitir todo lo que me transmiten las obras de Iris y cualquier cosa que ocurra al otro lado. Voy a hacer que construyas un último vínculo conmigo, porque eso es lo que te aterroriza, que me vaya como todos los demás. Pero, amigo, de aquí no me muevo. Puedes creer que estamos condenados, y yo, que estamos bendecidos, pero lo que es seguro, es que estamos juntos hasta que este sitio se convierta en polvo. —Tridente no respondió. Su cara parecía de enfado, pero en realidad, era miedo. No quería sufrir más y crear un vínculo es volverse un poco más vulnerable.

—Ten cuidado. Yo también hice una promesa que no podía cumplir, y eso es una carga que te acompañará siempre.

Ignoré su último comentario, no sabía a qué se refería, y además, yo sabía que cumpliría con mi palabra.

Todos los días hablé con Tridente. Al principio, era un monólogo. Con el paso del tiempo, comenzó a responder, a charlar amigablemente. Incluso, en ocasiones, me pareció verle sonreír. Y es verdad, solo me lo pareció, hasta hoy.

Por la mañana, Iris volvía a entrar en escena. Pregunté inmediatamente al individuo de primera fila que tenía más cerca si podía describirme lo que veía y este no escatimó en detalles. Y menos mal, porque, aunque yo aún no lo sabía, iba a ser la última vez que escucharía cómo Iris dibujaba una obra; la última obra.

Lo que yo escuchaba, se lo retransmitía a Tridente, pues él apenas alcanzaba a oír al mil ojo.

—Esta vez parece que está innovando. Nunca le hemos visto usar estos colores. Eran fríos, ásperos, parecía que cortaban el papel. Se ve un gran mar azul, y ese mar choca contra unos acantilados con fuerza. La espuma se apodera del blanco del folio, pueden apreciarse todas las tonalidades:

desde el azul más oscuro hasta el blanco intacto del papel.

—Daría todo por poder verlo con mis propios ojos.

»Está comenzando a pintar las olas, atravesadas por la luz del sol, que vuelan varios metros por encima de los acantilados. Casi se puede apreciar cada rayo de luz traspasando cada gota de agua que flota en el aire refractando la luz blanca en un abanico de colores, formando en su conjunto un arcoíris efímero. Es hermoso a la vez que estremecedor. Es caos, y en medio de ese caos, se puede sentir calma, paz.

No sólo la sentía yo. Había estado tan pendiente de describirle con todo detalle la obra a Tridente que, hasta que terminé, no me había percatado de que él, por primera vez, estaba prestándome atención. Le veía tranquilo consigo mismo, en paz. Paz que se vio interrumpida por un fuerte portazo.

El mismo gigante que provocó que me quedará aquí atascado, el que apareció hace más de cincuenta días golpeando la pantalla hecho una furia, acababa de entrar en la sala causando tal estruendo que incluso aquí abajo se notó.

Al igual que la última vez, había entrado buscando a alguien, la diferencia era que esta vez no venía a por mí, sino a por Iris.

Los mil ojos narraban lo que ocurría al otro lado y yo escuchaba atentamente. El gigante se había situado delante de Iris mientras este último no levantaba la vista del papel sobre el que pintaba. Le habló y le señaló una y otra vez, acercando el dedo a centímetros de su cabeza, pero sin llegar a tocarle.

Por como se le hinchaban las venas del cuello y se le tornaba la cara roja, estaba claro que había cambiado el tono y había comenzado a gritarle. Iris seguía ignorándole a pesar del continuo hostigamiento, aunque no por mucho más tiempo.

El gigante abrió la mano y empezó a darle golpecitos en el moflete. Harto de que no le hiciera caso, le tiró el cuaderno al suelo de un manotazo e Iris reaccionó como un torbellino encarándose con él. A su lado, el gigante parecía una torre; estaba a punto de tocar el techo. Ninguna palabra había salido de la boca de Iris. El otro se acercó hasta que su barbilla estaba a tan solo unos centímetros de los ojos de Iris y, sin previo aviso, desplazó todo el cuerpo hacia atrás para acumular potencia, se echó hacia delante y le asestó un puñetazo en el abdomen.

Iris se retorció sobre sí mismo durante unos segundos, sin poder respirar. Abría la boca intentando sin éxito que el aire entrara en sus pulmones. Un segundo, dos, tres…, al quinto retuvo una bocanada de aire y se volvió a erguir mirando desafiante a su agresor.

Levantó la mirada y apenas vio venir el siguiente golpe, esta vez al pómulo izquierdo. La cara giraba con la trayectoria del puñetazo, los dientes se le clavaban dentro de la boca.

Aunque aquí dentro no se escuchara nada de lo que estaba ocurriendo, los mil ojos sabían que Iris emitía gemidos de dolor mientras la sangre le recorría la comisura del labio.

Se relamió la sangre y levantó la cabeza de nuevo. En sus ojos se veía que estaba aterrado de miedo, aunque una pizca de orgullo le mantenía en pie, orgullo que rápidamente se tragó cuando el otro amagó con pegarle de nuevo. No se escuchaba nada, pero los labios de Iris repetían las mismas palabras:

—Basta, por favor.

Yo estaba temblando; estaba muerto de miedo por Iris, y

la parsimonia con la que los mil ojos contaban lo que sucedía me revolvía el estómago. Si yo hubiera estado en primera fila, me hubiera quedado mudo, impotente, sabiendo que no podía hacer nada; suficiente esfuerzo haría para respirar con algo de tranquilidad.

Para el resto no era más que un evento que se salía de lo cotidiano, que observaban estupefactos. No obstante, para mí, era presenciar como golpeaban una y otra vez al que yo consideraba mi amigo.

Quería ayudarle con todas mis fuerzas. No sabía cómo, pero tenía claro que lo último que haría sería quedarme de brazos cruzados.

—Tridente, llevas aquí más tiempo que nadie. Ayúdame por favor, ¿hay alguna forma? —Apenas me salían las palabras, me temblaba la voz y se me formaba un nudo en la garganta.

—Chico, no hay nada que puedas hacer. Aunque pudieses tirarte, sería en vano, no tendrías ninguna oportunidad con alguien de su tamaño. Además, si fuera posible, no estaría aquí; créeme.

Lo vi claro.

—¡Tengo que tirarme! —exclamé.

—No es posible, Kit. Lo siento —decía Tridente mirándome como si yo hubiera perdido el norte.

—Sí, sí lo es. Tiene que serlo —repetía obcecado—. Tú no quieres que me vaya porque te aterroriza la idea de quedarte solo, por eso no me lo dices. Sabes que se puede; dímelo, por favor.

A Tridente le cambió la cara al instante.

—Insisto, no existe ninguna manera. Estás atascado, ¿recuerdas? —reprochaba Tridente enfadado—. Además, si fuera posible, el precio sería el más alto. Para empezar, romperías tu promesa; me abandonarías, aunque eso te dé igual. También renunciarías a la posibilidad de seguir imaginándote eternamente las obras de Iris; ni una obra más. ¿Estarías dispuesto?, ¿de verdad? ¿Te sacrificarías por Iris, que lo más probable es que no sepa ni que existes?

Mi cabeza daba mil vueltas. La frase de Tridente me retumbaba: «Ni una obra más». No más momentos de expectación hasta que llegara Iris, se acabaría mi tiempo aquí... No me importaba, tenía que ayudarle, y no solo a Iris.

—Sí —respondí sin titubeos—, y nunca rompería mi promesa. Tú te vienes conmigo. Si caigo, estás justo debajo de mí, en mi trayectoria. Tal vez sea la única posibilidad que tengas de salir de aquí. Lo que siempre has querido.

—Tal vez caigas y ni me roces. Vería como el que ha sido mi último amigo se marcha mientras yo, una vez más, permanezco condenado por siempre.

Es verdad, tenía razón. Miré a los ojos a Tridente, que me devolvía la mirada apenado.

Los mil ojos seguían contando cómo Iris recibía la paliza. Por cada golpe que narraban, un escalofrío recorría el cuerpo. No podía soportarlo, pero era lo que tenía que hacer por Tridente.

Mientras tanto, él me miraba. Veía cómo la ilusión que siempre había emanado de mí se desvanecía. Empezó a pensar, se mordía el labio constantemente y, de repente, se decidió.

Me miró y asintió con la mirada. Me estaba dando permiso para intentarlo.

—¿Y si fallo? —No quería abandonarle. Tenía razón, era demasiado arriesgado.

—Muchacho, me has dado vida cuando yo me daba por muerto. Ya has hecho más que nadie por mí, y no quiero que acabes como yo. Vete. —Volvió a asentir con la mirada. Le devolví el gesto con los ojos llorosos.

Fue entonces cuando, con todas mis fuerzas y empeño, hice lo posible por hacer lo imposible. Intenté moverme. Por un momento, llegué a pensar que lo estaba consiguiendo, o tal vez era una ilusión. Gritaba lleno de rabia mientras hacía un esfuerzo sobrehumano. Gritaba con tanta energía que no escuchaba lo que decían los mil ojos. Estaba concentrado sacando fuerzas de donde no había, con cada parte de mi cuerpo, con… con todo lo que yo era.

—Va a volver a pegarle… Está levantando a Iris del suelo agarrándole de la camiseta. Iris no se mueve, ¡no está oponiendo resistencia alguna!

El gigante le lanzó por los aires. Iris intentó mantener el equilibrio, pero se movía a gran velocidad por la sala colisionando en seco contra la pantalla. ¡PUM!

Me concentré y focalicé mi energía en intentar moverme aunque tan solo fuese un mísero milímetro, y de repente… ¡chas! Caí.

Caí en dirección a Tridente, me estiré todo lo que pude y, tal como quería, choqué contra él. Me emocioné, había cientos de posibilidades de fallar, y sin embargo, le había dado de lleno, pero no fue suficiente.

Mientras él permaneció estático, la gravedad tiró de mí sin que pudiese aferrarme a nada. Nuestras miradas se cruzaron una última vez. Vi a través de sus ojos como su alma se partía en mil pedazos. Tridente acababa de romperse por completo. Yo le acababa de romper.

En cuanto a mí, seguí cayendo hasta que finalmente colisioné contra el fondo.

Me quedé aturdido, no escuchaba nada más allá del pitido de mis oídos. Tampoco se veía nada. No había luz abajo, por lo que no merecía la pena tener los ojos abiertos. Los cerré y visualicé en mi cabeza los últimos diez segundos anteriores a chocar con el suelo.

Veía una y otra vez cómo había caído encima de Tridente. Una y otra, y otra, y otra. Entonces me di cuenta de que era imposible que no hubiera caído detrás de mí.

Tenía que estar a punto de llegar al fondo, lo sabía. Estaba detrás de mí, solo estaba tardando un poco más. En cualquier momento le escucharía estamparse contra el suelo, a mi lado. Tenía que esperar un poco más, solo un poco más…

Y así hice, pero Tridente nunca cayó.

KIT IV

AL OTRO LADO

Mientras esperaba a quien sabía que nunca vendría, yo yacía desorientado en el suelo. Notaba los extremos de mi cuerpo levemente atrofiados por la caída, mas no me dolía. El dolor que sentía no era físico.

Vino a mi mente un recuerdo del día en el que desde primera fila presencié la caída de Nacho. Hoy había sido mi turno, pero a diferencia de él, que descendió tranquilo, de manera suave, delicada, como si fuera menos denso que el propio aire, yo había caído a una velocidad vertiginosa sin que nada pudiese frenarme, y sabía por qué.

Le había fallado a quien me consideraba su único amigo. Yo era su única oportunidad de recuperar la ilusión. Yo le había devuelto la vida convirtiéndole de nuevo en vulnerable, a pesar de que él no quisiese, para después habérsela arrebatado partiéndole en dos. Y ahora, toda esa culpa que pesaba mil toneladas caía sobre mi conciencia.

—¡Perdóname! —exclamé con fuerza intentando que mi voz le alcanzara allá donde estuviera. No obtuve respuesta.

Apenas tuve tiempo para lamentarme. De repente, una gran compuerta se abrió y a través de ella irrumpió una luz centelleante que me impedía ver. Acto seguido, sin que mis ojos se hubieran podido adaptar a la luz, algo me agarró el cuerpo y me sacó por la compuerta.

A medida que la imagen se volvía más nítida, comprendía qué estaba ocurriendo. Era el gigante. Me había cogido con fuerza con una de sus sudorosas y descomunales manos. Iris estaba abatido en el suelo con la espalda apoyada en... en... en la pantalla. Yo estaba al otro lado de la pantalla.

Recordaba que, cuando aún estaba en mi piso, pasé decenas de días observando la misma sala en la que me encontraba ahora. Todo permanecía igual: las paredes, el sofá, las hojas con los números, la quinta pared. Todo estaba igual que siempre, y, aun así, era distinto. Podía sentir el ambiente, el olor. La imagen estaba completa.

El gigante levantó la mano rápidamente apoyándola en la pantalla, y a mí con ella.

—Al final todo llega —dijo satisfecho mirándome con ansia. Tocaba mi abrigo constantemente con sus sucios dedos.

Los mil ojos me observaban con los ojos abiertos de par en par. No me quería ni imaginar el escándalo que debía de haber allí dentro.

Momentáneamente evité mirar hacia abajo para comprobar si Tridente seguía allí. Si no miraba, siempre existiría la posibilidad de que se hubiese caído detrás de mí. Algo improbable, pero posible.

Me negué. Debía asumir las consecuencias de mis actos y hacer frente a la realidad.

Bajé la mirada y se confirmó lo que me temía. Tridente seguía donde lo dejé, atascado, mirándome. Los mil ojos gritaban a los cuatro vientos lo que ocurría, mientras que en la otra cara de la moneda, Tridente estaba completamente mudo.

«Lo siento», gesticulé con los labios.

En ese momento, Tridente abrió la boca y comenzó a gritarme algo. Me quedé pasmado, sabía que esta sería última vez que le vería y tenía miedo de que lo último que me dijera fueran palabras fruto de la rabia que me tenía por haberle abandonado. A pesar de eso, focalicé toda mi atención en él e intenté averiguar lo que me quería decir por duro que fuese. Se lo debía.

Él gritaba como un loco, pero yo no oía nada. La pantalla se interponía entre ambos. La desesperación comenzó a rodearme, no importaba lo mucho que me concentrara; yo estaba convencido de que nunca averiguaría qué me quería decir.

Alejé un momento la vista para obtener mayor perspectiva y entonces me di cuenta de que había algo raro en él, estaba diferente. Tardé unos segundos en averiguar qué había cambiado, pero cuando lo entendí, no di crédito: estaba sonriendo.

Solo había una cosa que Tridente odiaba más que la eternidad y era la soledad. Ahora tendría las dos cosas por las consecuencias de mis actos, por mi culpa. Pensé que le habría destrozado y que me odiaría por ello, y, sin embargo, ahí estaba él, mirándome mientras gritaba a todo pulmón con una sonrisa de oreja a oreja. Una chispa de esperanza se encendió en mi interior. Le sonreí de vuelta.

Esa fue la última vez que nos vimos.

—Tú quédate quietecito, como si fueras una estatua, en nada vuelvo para prestarte la atención que te mereces —dijo el gigante señalando con la otra mano a Iris mientras se alejaba de la pantalla en dirección a la quinta pared.

Empezó a mirar a través de ella fijamente a la vez que no paraba de tocar mi abrigo rojo. Tiraba de él sin parar con la intención de quitármelo.

Primero se deshizo de un pequeño trozo y sentí como una brisa de aire caliente golpeó mi hombro. Forcejeó para quitar el resto, ya que se le resistía. Sus dedos gordos y sudorosos se resbalaban, pero se las apañó para quitarme la mitad del abrigo y terminó por arrancármelo entero tirándolo al suelo como si nada. Al verlo caer, me sentí más vulnerable que nunca, nada me protegía del calor que se respiraba al otro lado de la pantalla.

Yo estaba aterrado. Moví la cabeza como un loco intentando escapar. Busqué a mi alrededor una salida. Pero en lugar de eso, lo que me encontré fue a Iris.

Alcancé a verle a través de un hueco entre el brazo y el costado del gigante. Estaba derrumbado en el suelo con las piernas estiradas; costaba saber con certeza si estaba inconsciente. Verle de esa manera hacía que me sintiese paralizado, con la misma sensación que tuve gran parte de mi vida cuando no podía moverme por las barras que tenía en el pecho y la espalda. Me tranquilizaba saber que, al menos, estaba teniendo un respiro de los golpes.

Consiguió levantar la cabeza y miró en mi dirección, concretamente a mis ojos, y yo le devolví la mirada hasta lo más profundo de sus pupilas. El tiempo se frenó en seco.

Tridente tenía razón. Siempre evité, por miedo a la respuesta, preguntarme si Iris sabía que yo existía, si no fue todo una casualidad, si tal vez yo estuve en el momento justo en el lugar indicado. Ahora estaba seguro de que no.

Quise decirle tantas cosas a la vez que no conseguí decirle ninguna. Mi boca no habló, pero mis ojos sí, y le dijeron que se marchara. Había conseguido distraer al gigante durante unos segundos, pero en cualquier momento volvería a por él. Era ahora o nunca.

Yo observaba cómo Iris reunía todas sus fuerzas para levantarse. Estaba apoyado con los codos en el suelo, después apoyó una mano, luego la otra. Dobló una pierna y se preparó para correr. La puerta estaba abierta, tan solo le quedaban unos instantes, el gigante que me sujetaba comenzaba a darse la vuelta.

Iris se levantó de un impulso, se lanzó veloz como una bala hacia el gigante. Podría haber escapado por la puerta, solo tenía una oportunidad y la acababa de gastar. Vino directo a por él, directo a por mí, estaba intentando salvarme poniéndose en riesgo a sí mismo.

Se tiró de lleno contra el gigante. Este se tambaleó, echándose hacia atrás. Se tropezó con sus propios pies hasta darse contra la pared. Pensé que iba a soltarme, pero ocurrió todo lo contrario. Cerró su mano con más fuerza que antes, estrujándome el cuerpo. Sentí como varios de mis huesos se rompieron como si fueran ramas secas de un árbol.

El gigante se recompuso y agitó su pierna soltándose de Iris. Dio un paso hacia atrás a la vez que realizaba una inhalación profunda. La sala se inundó de un silencio sepulcral.

En mi cabeza estaba gritándole a Iris: «¡Levántate, corre! ¡Iris, por favor! ¡Levántate!», pero de mi boca no salía nada más que gestos. Era una pesadilla; quería gritar con todas mis fuerzas y a pesar de ello, no me salía la voz.

El corazón me iba a mil por hora. Iris no podía protegerse. Yo ya no distraía al gigante. Su sangre le ascendía a la cabeza tornándola de color rojo.

—TE DIJE QUE TE QUEDARAS AHÍ. ¡QUIETO! —estalló. Gritó lleno de rabia. Vi que el gigante retrocedía un paso y doblaba la pierna. Iris levantó la cabeza y le miró impasible.

Había mucho ruido. El gigante, su respiración, su grito, Iris intentando moverse, mi cabeza clamando hacia mis adentros que huyera. Todo era ruido, demasiado caos para procesarlo de golpe. Entonces el gigante arqueó la pierna propiciándole una patada brutal en la cabeza a Iris. Dejé de escuchar.

Seguía habiendo ruido, pero a mis oídos solo llegaba un pitido cuyo volumen decrecía linealmente. El pitido había sustituido también mis pensamientos. Me había quedado petrificado, en estado de shock. No pensaba, solo observaba. Era un impulso primario en mí. Llevaba toda la vida mirando, observando. Cuando estaba al otro lado, siempre había querido que llegara el día de convertirme en uno de los mil ojos para presenciar todo en primera línea sin que hubiera lugar a la distorsión, la tergiversación o la imaginación. Únicamente la verdad, porque los ojos no mentían, tan solo mostraban lo que había.

Vi la pierna del gigante golpeando la cabeza de Iris. Vi las gotas de sangre que salían volando de su boca y centré toda mi atención en una gota concreta. Seguí su trayectoria parabólica por el espacio de la habitación. Flotaba a cámara lenta, ligera como Nacho en sus últimos momentos. La gota aterrizó en la última obra que había pintado Iris.

La espuma blanca del mar se tiñó de rojo. Sorprendentemente, seguía siendo hermoso. Yo sabía que el gigante había puesto su atención de nuevo en mí, pero yo estaba absorto en la obra de arte, sabía que sería la última que vería.

Era la primera vez en mi vida que la veía sin nadie delante que la tapara quitándole protagonismo, sin una pantalla de por medio, tan solo la obra tal y como era, y realmente era extraordinaria.

Notaba como el gigante me arrancaba un brazo y se lo llevaba a la boca. Yo no sentía dolor alguno, y en medio de ese caos, al igual que en las olas chocando brutalmente contra el acantilado, encontraba paz.

Me arrancó el otro extremo del cuerpo e hizo lo mismo. Su lengua recorría sus dientes, recogiendo los restos que se le escapaban. Entonces comenzó a acercar lo que quedaba de mí a su boca.

No hubo ni un solo instante que no mirase, maravillado y tranquilo, la obra de Iris. El acantilado, las imponentes rocas que lo formaban, erosionadas por el viento y las mareas, las olas golpeándolas con fuerza y las gotas que salían disparadas por los aires, atravesadas por la luz, creando un arcoíris efímero.

Vi todos y cada uno de los colores, desde los más fríos a los más cálidos, pasando por todas las tonalidades. Mi mente abandonaba mi cuerpo y se sumergía en el mar azul. No oponía resistencia. Al contrario, acogía la oscuridad con aceptación. Mi mente buceaba hacia las profundidades empapada por la obra de mi amigo. Descendía más allá de donde llegaban los rayos de sol, allí donde únicamente se escuchaba un silencio inmutable.

Estaba tan en lo profundo que, aunque hubiese querido retroceder, no hubiese hallado el camino de vuelta. Entonces, el silencio se hizo eterno y la oscuridad imperecedera.

TRIDENTE I

EL FIN DE LA ETERNIDAD

Kit gritaba como un condenado intentando desencallarse a pesar de lo que eso le suponía, y, por si fuera poco, yo le repetí varias veces que desistiera y aceptara que no era posible. Pero si había algo que caracterizase a Kit era su testarudez; por ello estaba empecinado en intentarlo aunque el precio fuera el más alto.

Fue entonces cuando lo dejé estar y me callé pensando que lo mejor era esperar a que lo aceptara por sí mismo. Bajé la mirada y en un abrir y cerrar de ojos ocurrió todo. El sonido de sus alaridos se mezcló con un fuerte y breve estruendo, y antes de que me diera tiempo a mirar de nuevo, sentí su cuerpo cayendo sobre el mío como si un plomo cayera del cielo. No le vi venir.

Yo quedé totalmente desorientado durante unos instantes. Su cuerpo me golpeó con fuerza, pero no se detuvo ahí, sino que rebotó y siguió cayendo hasta lo más profundo del precipicio.

Intenté recomponerme lo más deprisa posible. Miré arriba, a donde hasta hacía un momento había estado Kit poniendo todo su empeño en caerse, pero ya no estaba. «Se ha tirado», pensé incrédulo.

No conseguía entender cómo lo había hecho; era imposible, no tenía sentido. A causa del choque, en mi cabeza escuchaba un pequeño zumbido que no me dejaba pensar con claridad, y no solo eso. Notaba que había algo distinto en mí, un cambio tremendamente inapreciable salvo que llevases una eternidad inmóvil: me estaba moviendo.

Al darme cuenta, entré ipso facto en un estado de euforia y frenesí.

—¡Lo has conseguido amigo! —repetí una y otra vez entre carcajadas—. ¡Lo has hecho! ¡Me estoy cayendo! —Levanté la cabeza buscándole con la mirada y recordé, cabizbajo, que se había ido al fondo. En ese momento mi alegría se tornó amarga.

Llevaba demasiado tiempo quieto, ahora me separaba con una lentitud apabullante que ninguno de los que estaba encima de mí era capaz de apreciar, pero cuando llevabas tanto tiempo quieto hasta el más ligero desplazamiento se convertía en toda una travesía. No sabía cuánto tardaría en caer, pero no importaba porque ahora sabía que algún día lo haría. Kit había puesto fin a mi eternidad y yo no podría agradecérselo en persona, o eso pensaba.

Su nombre comenzó a escucharse. Era mencionado por todos los mil ojos al unísono una vez más.

—Es Kit. Ahí está, lo tiene el gigante —dijeron.

Miré arriba sin esperanza alguna de verle, pero volví a

comerme mis palabras; por suerte. ¡Estaba al otro lado! El gigante se apoyó en la pantalla con el brazo en cuya mano estaba a Kit. Nuestras miradas se encontraron y le sonreí, sin embargo, para mi sorpresa, Kit no parecía contento de estar al otro lado. Al contrario, me miraba con lástima, apenado.

«Claro —cavilé—, se piensa que sigo quieto, cree que me ha abandonado».

Sabía que las posibilidades de Kit de salir con vida eran ínfimas, no podía dejar que se fuese sin que supiese que me había salvado. Se lo merecía, se lo debía.

—¡Kit, lo has conseguido! ¿Lo sabes no? —gesticulé con la boca, ya que sabía que no me podría oír. Pero no parecía entenderme.

El gigante se movía ligeramente. En cualquier momento se alejaría de la pantalla pudiendo ser la última vez que le viese. Empecé a agobiarme.

—¡Kit, lo has conseguido! ¡Me has salvado! —Ya no gesticulaba, ahora gritaba con todas mis fuerzas—. ¡¿Me oyes?! ¡Lo has conseguido! —repetía sin parar, pero Kit no parecía escucharme. Por supuesto que no, la pantalla se interponía entre ambos.

—Maldita sea, ¡KIT, ME HAS SALVADO! ¡ME HAS SALVADO, KIT! ¡ME ESTOY CAYENDO! —grité con ansia. Él no me oía, a duras penas yo conseguía escuchar mi propia voz que se veía eclipsada ante el tremendo bullicio que había en los pisos de arriba con los mil ojos graznando como locos.

Kit seguía sin mover la boca. No me entendía y se nos acababa el tiempo. Entonces, con tan solo un gesto consiguió tranquilizarme. Estaba sonriendo.

Era una despedida, yo lo sabía. Kit movió los labios y descifré lo que me quiso decir: «Adiós, amigo».

El gigante retiró el brazo de golpe y Kit desapareció de mi campo de visión. Se movió a otro lado de la sala, donde yo no alcanzaba a ver.

—No, no, no. ¡Vuelve! —Grité desconsoladamente. Necesitaba hacerle saber a toda costa que me había salvado, se lo merecía.

Exigí a los mil ojos que me contaran lo que sucedía al otro lado, aunque no hacía falta; jamás había visto a los mil ojos hablar con tantas ganas.

—Le está quitando el abrigo. Se lo ha quitado entero y lo ha tirado al suelo.

—¿Cómo que le ha quitado el abrigo? ¿Estás seguro?

El mil ojos me ignoró y siguió hablando.

—El gigante está distraído con Kit, Iris se está levantando. Va a intentar escapar. ¡Se va! —Pausa—. ¡No, no. No ha huido! ¡Se acaba de lanzar sobre el gigante! —se corrigió a sí mismo—. Ha ido directo a por el gigante y este está retrocediendo. Se acaba de tropezar con sus propios pies y se ha golpeado bruscamente la espalda con la pared.

No entendía las razones de Iris para no huir, lo tenía tan fácil que no tenía sentido que se hubiera lanzado a por el gigante. Lo tenía a tiro de piedra. Tal vez… a lo mejor no se ha tirado a por el gigante sino a por Kit. Puede ser que el mequetrefe de Kit tuviera razón al fin y al cabo.

—¿Kit? ¿¡Y Kit!?

—No lo ha soltado. Lo está agarrando con más fuerza que antes.

—Pero continúa, ¿te he dicho que pares? No. No pares de describir, prosigue. —Estaba asustado por Kit. Sabía que no iba a salir bien parado, pero no había sido sólo una vez, sino varias, las que Kit me había demostrado que imposible, a veces, era sólo una palabra. Ojalá esta vez fuera una de esas.

«Vamos, Kit, demuéstrame que me equivoco una última vez. Sálvate, por favor», supliqué hacia mis adentros.

El mil ojos, tras coger una bocanada de aire, prosiguió:

—El gigante se está reincorporando e Iris yace en el suelo. No se mueve, está viendo al gigante venir, pero no se mueve. Creo que no está consciente. El gigante no para de gritar, se le hinchan las venas del cuello y su cabeza está roja. Se está preparando para golpearle de nuevo, está cogiendo impulso con una pierna… acaba de golpearle en la cabeza. No se mueve. El suelo está rojo, hay sangre por todos lados. Iris no se mueve. Y… —paró en seco de hablar.

—¿Qué pasa? ¿Por qué no sigues?

El mil ojos seguía sin responder. El tiempo avanzaba, cada segundo se hacía más largo que el anterior. Yo me esperaba lo peor, tenía miedo de preguntarle, y más aún de lo que me iba a responder.

—¿Es Kit? —dije no muy alto—. ¿Es Kit, no? Dime qué está pasando.

—Em, em, Kit… lo tiene… lo tiene el gigante… Kit, em… —tartamudeó asustado.

—¿Kit qué? ¡ARRANCA! ¡DIME DE UNA VEZ QUÉ PASA CON KIT! —Ya no pregunté en voz baja, me escuchó todo el mundo.

No respondió, no quería responderme. Tampoco hizo falta. Era imposible ignorar a los otros centenares de individuos que gritaban lo que ocurría.

—¡Se lo está comiendo! —gritó uno a lo lejos.

—Lo ha matado —dijo otro.

Intenté hacer caso omiso ignorando la realidad y seguí concentrado en el mismo mil ojo.

—¿Está muerto? —pregunté aun sabiendo la respuesta. Necesitaba estar seguro.

El mil ojos asintió con la cabeza pensando que yo alcanzaba a verle desde donde estaba.

—No pasa nada, solo necesito saberlo; necesito que me respondas a la pregunta. ¿Está muerto? —pregunté de nuevo con tono neutro.

—Lo siento.

TRIDENTE II

LEGADO

Nací el día que abrí los ojos por primera vez, hace ya mucho tiempo. Después, mi alma murió cuando me quedé atrapado donde aún seguía a día de hoy. Luego, llegó Kit y me salvó, renací y volví a vivir. Y ahora sentía que mi vida pendía de un hilo muy fino que separaba mi cordura de la más profunda pena.

Un sentimiento de culpa me inundó sustituyendo la alegría que me había causado separarme por fin de la pared y poder descansar. Kit se había sacrificado prácticamente en vano, el único beneficiado había sido yo, y ni siquiera supo que me había liberado. Ahora él estaba muerto, e Iris, a quien había intentado salvar, estaba a punto de seguir su misma senda.

A diferencia de mí, los mil ojos seguían con sus vidas como si nada hubiera pasado. La mayoría ni siquiera titubeó al contar la partida de Kit y siguieron narrando lo que ocurría al otro lado. Yo apenas les daba importancia ya.

—...el gigante ha vuelto a poner su atención en Iris, lo acaba de agarrar del cuello de la camiseta y lo está levantando. Una mano lo está sujetando y la otra está cerrando el puño. Lo va a rematar. Iris no va a poder soportar otro golpe, se lo va a cargar... Le va a pegar en cualquier momento. —El mil ojos enmudeció de pronto, se quedó sin palabras.

De pronto se hizo un breve silencio. Los que estaban al fondo de los pisos, sedientos por saber qué ocurría, preguntaron incesantemente:

—¿Qué pasa? ¿Lo ha matado?

—¿Por qué os calláis?

—Ha... ha fallado. El gigante ha fallado —carraspeó—. ¡Ha fallado! Ha lanzado el puño hacia la cara de Iris y justo antes de tocarle ha desviado la trayectoria y se ha dado contra la pared. Se está alejando de Iris retorciéndose de dolor sobre sí mismo. Ahora tiene ambos brazos sobre su estómago.

»Iris se ha caído de rodillas, exhausto. Se está intentando arrastrar hacia la puerta. El gigante se acaba de tirar sobre una de sus piernas, pero ha vuelto a contraerse. Apenas puede moverse, le está pasando algo. No para de tocarse la tripa haciendo gestos de sufrimiento.

El abrigo de Kit que reposaba en el suelo de la sala vibraba sutilmente. El suelo temblaba cada vez con más fuerza. Eran los pasos de una chica que entraba en la sala a gran velocidad. Su cara reflejaba puro espanto. Pidió ayuda y, acto seguido, la sala se llenó gigantes.

—Se han llevado a Iris de la sala, está fuera del alcance del gigante. Está a salvo —contó uno situado en los pisos más cercanos a donde yo estaba.

Si pudiera llorar, habría inundado este lugar. Nos ha salvado a los dos, lo ha hecho de nuevo. Me enorgullecí como nunca de Kit. Nunca había sentido semejante admiración por alguien.

Mientras tanto, al gigante lo mantenían tumbado sin que pudiese levantarse. Tras forcejear infructuosamente, paró de resistirse y reposó la cabeza en el suelo. Una ráfaga de aire acercó el abrigo de Kit a la cara del gigante y entonces lo vio. Vio los números del costado del abrigo de Kit riéndose de él con condescendencia: 02-01.

La tormenta terminó y todo volvía la normalidad. Y en cuanto a mí, solo podía intentar disfrutar de mis últimos minutos mientras esperaba sin apremio mi final.

TRIDENTE III

MILAGRO TERMODINÁMICO

Un cúmulo de sensaciones olvidadas barrían mi ser de principio a fin. Podía escuchar como el aire rozaba mis oídos suscitando un leve silbido, notaba como las leyes de la física actuaban sobre mí con la gravedad tirando de mi cuerpo hacia un agujero sin fondo, en dirección a una oscuridad tan anhelada por mí y tan temida por otros. En definitiva, sentía como mi cuerpo se separaba lentamente de la pared con un movimiento imperceptible para los ojos de aquellos que no conocían la inalterabilidad como yo. Había permanecido inmóvil una eternidad y, por ello, cualquier cambio que habría pasado desapercibido por cualquier otro, yo lo sentía de manera amplificada hasta niveles insospechados. Tan solo faltaba la parte inferior de mi cuerpo por despegarse, y, sin embargo, el movimiento seguía siendo tan sutil como el de una aguja que marca las horas en un reloj.

Mi cuerpo yacía prácticamente horizontal, boca arriba,

paralelo al resto de los pisos. Podía observar parte de la pantalla: dos gigantes entraron en la sala. En frente vi a los mil ojos que comenzaban a hablar prácticamente al unísono cumpliendo su incesante tarea de describir, la cual seguían considerando un mandamiento inquebrantable. Ni los descubrimientos de Nacho ni las acciones de Kit consiguieron cambiar esa arraigada costumbre. Miré a los mil ojos y me vi reflejado en ellos, me recordaron a mí mismo durante ese tiempo que estuve en silencio apartado de todo, prácticamente muerto en vida. Vi en la mayoría de ellos la misma falta de ilusión que tuve yo, y era algo que… me molestó. Me apenó profundamente porque sabía mejor que nadie lo que se sentía; o mejor dicho, lo que no se sentía.

Y no solo eso, también quería pensar que el sacrificio de Kit habría marcado un antes y un después. Sin embargo, no causó más impacto en la gente que el que podría causar la aparición esporádica y efímera de otro gigante cualquiera al otro lado de la pantalla. Habían pasado cinco días desde que murió, y cuatro días desde que escuché hablar de él por última vez.

Me quedé observando a los mil ojos, abstraído en mis pensamientos. Desde donde me encontraba veía a varios cientos hablando sin parar, con los ojos bien abiertos, prácticamente sin pestañear; la escena me puso la piel de gallina. «No cabe duda de por qué los llaman los mil ojos», pensé. Después de un rato mirándolos, sentí como la mente me pedía que me uniera a ellos en la descripción, parecía que era lo normal, lo sencillo, tenía sentido en el orden de las cosas. Cientos como yo realizando la misma acción. No pude evitarlo, tampoco quise; ni siquiera lo pensé, tan solo me dejé llevar uniéndome al recital y las palabras comenzaron a brotar de mi boca para dar pie a una última descripción, pues no me quedaba mucho tiempo en este lugar.

«¿Qué estás haciendo? —pensé—. Hace un momento estabas criticándolos y ahora estás comportándote como ellos». Me avergoncé y, acto seguido, dejé de hablar, aunque no fui el único. Reinó el silencio.

A veces pasaba por alto el hecho de que la mitad de los individuos que viven aquí me consideraban una leyenda en carne y hueso, y que otro alto porcentaje me temía por historias como las de Migueliño.

Todo el mundo estaba callado, parecía que estaban esperando algo. Me observaban anonadados, expectantes, esperando… ¿esperando que dijera algo? Irónicamente, haber permanecido en silencio casi toda una vida me otorgaba ahora, en mis últimos instantes, la oportunidad de hablar unos minutos con la atención de todos puesta en mí. Un arrebato de esperanza brotó de mí, esperanza de creer que podían cambiar, de intentar que la muerte de Kit no hubiera sido en vano, sino que significara algo que perdurara generaciones y penetrara hasta en las almas más opacas. Entonces hablé, por él, por Kit.

—Muchos de vosotros no me habéis oído hablar antes, mas no es extraño pues estuve en silencio demasiado tiempo. Y a pesar de ello, muchos conocéis mi nombre. Un nombre que ha viajado de boca a boca en forma de historias y leyendas. Me miráis con ojos extraños y curiosos; otros muchos, incluso temerosos. Me consideráis diferente y ahora que os miro no soy capaz de ver otra cosa salvo un reflejo de mí mismo, pero no de mi yo actual, sino el del pasado. Un Tridente solitario, alguien que no sentía alegría ni pena, que dejaba que el paso del tiempo le consumiera…

hasta que llegó Kit, un inocente e impulsivo individuo que se sacrificó por un gigante con el que cruzó una frase, aunque ni siquiera tenía la certeza de que se la hubiera dirigido a él, y que además me salvó. Hasta hace poco pensaba que me salvó aquel día, pero mirándoos a vosotros me doy cuenta de que me salvó mucho antes, el día que se quedó atascado aquí abajo conmigo. Me devolvió la vida y todo gracias a su incansable esfuerzo por establecer un vínculo conmigo. Eso fue lo que me salvó, y eso es lo que os pido. —A medida que hablaba, me crecía más y más, mi voz alcanzaba hasta los rincones más lejanos.

»Pasamos toda la vida incapacitados para movernos con libre albedrío, esperando a que nuestra fila avance hasta ver con nuestros propios ojos una pantalla que más allá de mostrarnos un par de gigantes y la misma sala una y otra vez, no aporta nada. Olvidaros de ella por un segundo y mirad a vuestro alrededor. Sé lo fácil que es dejarse llevar en la soledad, pero también sé lo fácil que es revertir la situación. A Kit tan solo le bastó una frase en el momento adecuado, y a mí me contagió, con poco esfuerzo, su ilusión. Solo os pido que lo intentéis una vez, pues hasta un mínimo gesto puede causar un impacto más grande del que os podéis imaginar.

Había gastado mi última bala con decisión. Incluso, durante unos segundos pensé que había funcionado, entonces... volvieron a su descripción. Primero en forma de murmullo, muchas de las voces se oían temblorosas, pero poco a poco retornaron al tono habitual mientras describían los gestos de los dos gigantes que se veían a través de la pantalla. «Al menos les he hecho dudar por un segundo. Tendré que reconfortarme con eso», pensé resignado. Lo cierto es que después de ese último intento me quedé sin fuerza y seguidamente mi cuerpo se separó por completo de la superficie que lo retenía. Parecía que mi cuerpo se había negado a despegarse hasta que yo no hubiese hecho un último esfuerzo por intentar cambiarlos.

Abracé con ganas la oscuridad y me sumergí en ella, no sin antes echar un último vistazo a todos los mil ojos que dejaba atrás. En ese momento vi algo, casi como un destello. No estaba seguro de si mi mente me estaba engañando, no tuve el suficiente tiempo para estar seguro. Cuando caí, vi a todos los mil ojos hablando sin parar, pero uno de ellos no estaba describiendo la pantalla, sino hablando con el de sù lado, relajado, sonriendo. Creo que para mí eso fue más que suficiente. Descendí tranquilo por el vacío, emocionado por lo que creía haber visto.

*

*

*

Ya no caía, había llegado al fondo. Mi cuerpo descansaba en el suelo rodeado de oscuridad, a excepción de una fina línea de luz situada ligeramente por encima de mí. No solo entraba luz, también… ruido. Agudicé el oído y me di cuenta de que lo que se escuchaba era la conversación de los dos gigantes que había visto antes, tenía que ser eso. ¡Podía escuchar lo que ocurría al otro lado! Presté atención.

—Sí, Iris ya está mucho mejor, tuvo una suerte extraordinaria. Al parecer, según cuenta él mismo, cuando el matón le iba a dar el golpe de gracia, un Kit Kat cayó de repente de la máquina expendedora y captó la atención de este. Decidió comérselo y, un instante después, estaba retorciéndose de dolor en el suelo… El Kit Kat llevaba caducado bastante tiempo.

—Salvado por la campana.

—Bueno, Iris está convencido de que no fue suerte, sino que el Kit Kat estaba decidido a salvarle. Tanto es así que pidió recuperar el envoltorio y lo ha enmarcado junto a sus dibujos en su casa.

El otro gigante se rio con condescendencia.

—¿Y tú te lo crees?

—A decir verdad…, me ha hecho hasta dudar.

—¡Anda, pero qué bobadas dices! ¿Cuáles son las probabilidades de que un Kit Kat dé su vida por alguien?

—Exactamente las mismas que las de un milagro.

El otro gigante bufó, seguidamente rio y ambos se encogieron de hombros mientras se marchaban de la sala. Cada pisada se escuchaba con menor intensidad que la anterior hasta que dejó de entrar sonido alguno por la rendija que tenía encima de mí.

Se hizo el silencio. Ni siquiera mis pensamientos hacían el amago de aparecer. Una sensación de paz que no había sentido nunca antes me acogía impidiéndome pensar. El saber que Kit permanecería eternamente juntos a las obras de su amigo hizo que todo pareciera estar en su sitio.

Sonreí y cerré los ojos una última vez.

www.ingramcontent.com/pod-product-compliance
Lightning Source LLC
LaVergne TN
LVHW091031150826
845672LV00006BA/1763

* 9 7 8 8 4 0 9 6 6 6 0 1 0 *